일본인의 사랑의 문화사

만엽집

박상현

제이앤씨
Publishing Corporation

책머리에

　일본의 남녀, 특히 고대 일본열도에 살았던 남녀는 어떤 사랑을 했을까? 현대를 살아가는 우리들과 다른 점이 있다면 어떤 점에서 다르고, 같은 점이 있다면 과연 어떤 점에서 같을까? 이와 같은 소박한 의문에서 시작한 것이 본서이다.

　분석 대상으로 삼은 것은 『고사기(古事記)』(172년)와 『일본서기(日本書紀)』(720년)와 같은 문헌도 있었지만, 주로 『만엽집(万葉集)』(8세기경)이었다. 이것은 일본에 현존하는 가장 오래된 시가집(詩歌集)이다. 이 시가집에는 약 4500여수의 노래(歌)가 실려 있는데, 이 작품들은 종종 우리나라의 향가와 비교되기도 한다.

　이번에 다룬 작품은 『만엽집』에 실려 있는 4500여수 가운데 주로 남녀의 사랑을 노래한 것으로, 불과 몇 수에 지나지 않는다. 따라서 본서를 통해 『만엽집』의 세계를 관망하는 것은 처음부터 불가능한 작업이었다. 다만 본서에서 독자들은 고대 일본에 살았던 일본인들이 어디서 이성을 만나, 어떻게 작업을 하고, 어디서 같이 잤으며, 어떤 심정으로 상대방을 기다리다가, 어떤 식으로 헤어지는가를 구체적으로 살펴볼 수 있을 것이다. 곧 문화의 역사성과 다양성을 음미해 볼 수 있을 것이다.

본서를 통해 일본문화의 한 단면을 감상하고, 또한 그것을 통해 현대를 살아가는 우리들의 사랑 문화를 상대화하고 객관화할 수 있는 작은 기회가 되기를 희망하는 바이다.

덧붙여 '『만엽집』의 한국어 완역을 기대하며'에서는 『만엽집』 번역의 현황을 점검함과 동시에 앞으로 『만엽집』을 어떻게 번역해야 할 것인가에 대한 필자의 제안을 제시한다.

*

감사의 말을 전하고 싶다. 우선 필자의 취지를 이해해 주고 기꺼이 출판을 승낙해 준 제이앤씨와 본서의 첫 번째 독자가 되어준 서회진 선생님께 감사드린다. 또한 교육과 연구를 하기에 부족함이 없는 환경을 제공해 주고 있는 경희사이버대학교와 필자를 응원해 주고 격려해 주고 있는 우리대학의 학생들에게도 고마움을 전한다. 마지막으로 항상 격려와 응원을 아끼지 않는 아내인 시립인천전문대학의 미네자키 토모코(峯崎知子)에도 감사하다는 말을 하고 싶다.

2007년 12월 결혼 2주년을 앞두고
연구실에서 **박상현**

일러두기

1. 일본 지명과 인명 등은 기본적으로 외래어(일본어) 표기법에 따랐다

2. 일본 지명과 인명이 처음 나왔을 때는 우리말과 한자를 같이 썼고,
   두 번째부터는 우리말만 표기했다.

   예 지명의 경우: 나라(奈良) → 나라

   　 인명의 경우: 유랴쿠(雄略) 천황 → 유랴쿠 천황

3. 본서에서는 한국어역－한자・가나 혼합문(読み下だし文)－원문의 순으
   로 노래(歌)를 실어 놓았다. 단, 『만엽집(万葉集)』에 실려 있는 노래가
   중복되어 나오는 경우, 우리말과 '한자・가나 혼합문'을 항상 병기했다.

   예 집안을 밝히시오 이름을 일러주시오(家告らせ　名告らさね)

4. '한자・가나 혼합문'과 원문은 각각 다음과 같은 것을 참조했다.

   한자・가나 혼합문 : 小島憲之・木下正俊・東野治之(校注・訳)『新編
   日本古典文学全集 万葉集』(小学館, 1996년 8월)

   원문 : 鶴久・森山隆(編)『万葉集』(おうふう, 1995년 3월 중판)

5. 『만엽집』 원문에 나오는 한자 가운데 편의상 정자체(旧漢字)를 약자체로
   고친 것도 있다.

   예 戀 → 恋

6. 『만엽집』 원문 끝에 나오는 아라비아 숫자는 『만엽집』(おうふう본)의
   페이지를 가리킨다.

   예 ~家呼毛名雄母(45)

7. 『만엽집』의 노래 번호는 일본의 구국가대관(旧国歌大観) 번호를 따랐다. 그리고 그 표기 스타일은 다음과 같다.

   예 권1에 있는 1번 노래의 경우 → 권1 · 1

8. 노래와 가인(歌人)은 다음과 같이 표기했다.

   예 권2 · 145, 야마노우에노 오쿠라(山上憶良)
      권7 · 1304, 작자 미상
      권9 · 1759, 다카하시노 무시마로(高橋虫麻呂) 가집에서

9. 연대는 서기를 앞에 쓰고, 괄호 안에 연호(年号)를 표기했다.

   예 755(天平勝宝七)년

10. 『만엽집』에 실려 있는 노래에는 원래 띄어쓰기가 되어 있지 않다. 따라서 본서에서 원문 노래나 한자 · 가나 혼합문 및 한국어역을 제시할 때에도 원칙적으로는 띄어쓰기를 하지 않아야 옳다. 하지만 우리나라 독자의 이해를 돕기 위해, 또한 이 책의 성격을 고려해서 기본적으로 노래를 5음절 · 7음절 / 5음절 · 7음절로 띄어쓰기를 했다. 또한 한국어역의 경우는 시적 감각을 살리기 위해 기본적으로 5음절 · 7음절을 한 행으로 했다.

11. 본서에 나오는 사진의 출처는 다음과 같다.

- 다나카 히사미츠(田中久光) 홈페이지
- 모리 아츠시(森淳司) 『万葉集』(新潮社, 2002년 5월)
- 우에노 마코토(上野誠) 『万葉体感紀行』(小学館, 2004년 9월)
- 오카다 노리요시(岡田憲佳) · 야도미 이즈오(矢富厳夫) 『万葉花』(ニッポン · リプロ, 1996년 6월)
- 『週刊 日本の美をめぐる 正倉院』(小学館, 2002년 10월)

지금부터 약 1300여 년 전에 일본 열도에 살았던 사람들은 어떤 사랑을 나누었을까? 다시 말해서 당시의 남자와 여자는 어디서 만났으며, 어디서 사랑을 속삭였을까? 그리고 그들은 어떤 심정으로 서로를 기다렸으며, 불행하게도 파경을 맞을 때는 어떻게 헤어졌을까?

남자와 여자는 시간과 공간을 같이하는 지점에서 만나고, 사랑하고, 그리고 함께 살다가 시공을 같이 하지 않는 지점에서 헤어진다. 물론 '만남', '사랑', '결혼', '파경'에 해당하는 각각의 과정은 시대에 따라서, 또한 문화에 따라서 그 모습이 상이하겠지만, 남녀가 같이 만들어가는 이와 같은 단계는 동서고금을 막론한 보편적인 현상일 것이다. 그러기에 '남자와 여자'는 인류사에 있어서 영원한 테마가 아닐까.

지금을 살아가는 한국의 남녀라면 학교나 종교기관 혹은 학원이나 동아리 등에서 만남의 기회를 가질 것이다. 그러다가 어느 한쪽에서 혹은 쌍방에서 상대방에 대한 호감을 표시하게 되고, 그들은 서로 사귀게 된다. 교제가 진전됨에 따라 서로 간의 애정

표시도 다양해지고 그 강도도 또한 강해지게 될 것이다. 사랑에 빠진 두 남녀는 직접 만나지 못하는 것을 아쉬워하면서, 다음에 만날 것을 기약하며 서로를 기다릴 것이다. 그리고 그들의 사랑은 결혼이라는 형태로 결실을 맺고, 그 중에는 불행하게도 헤어지는 커플도 생길 수 있을 것이다.

본서에서는 일본 열도에서 살았던 약 1300여 년 전의 남녀의 사랑을 일본의 고대 시가집인 『만엽집(万葉集)』을 통해서 살펴보려고 한다. 즉, 그들의 사랑을 만남－짝사랑－동침－기다림－파경으로 나누어서 고찰해 볼 것이다. 물론 이 과정이 남녀가 만들어가는 사랑의 프로세스를 망라한 것은 아니다. 하지만 그 대체적인 모습은 스케치한 것이라고 생각된다.

첫 번째, '만남'에서는 일본 열도에 살았던 고대의 남녀가 어디서 만남의 기회를 가졌는지를 살펴볼 것이다.

두 번째, '짝사랑'에서는 그들이 짝사랑을 하면서 그 심정을 어떻게 그려내고 있는지를 검토할 것이다.

세 번째, '동침'에서는 당시에 살았던 남자와 여자가 어디서 남녀관계를 맺었는지 고찰함과 동시에 남녀관계와 관련된 표현도 살펴볼 것이다.

네 번째, '기다림'에서는 당시의 남녀, 그 중에서도 특히 여자가 어떤 마음을 가지고 상대방을 기다렸는지를 다룰 것이다.

다섯 번째, '파경'에서는 파경을 맞이해 그들이, 그 가운데에서도 변심한 남자가 어떤 행동을 취했는지를 검토해 볼 것이다.

*

그럼 지금부터 1300여 년 전의 일본 열도로 '여행'을 떠나자. 그리고 거기에 가서 그들과 '사랑'에 대해 대화를 나누어보자.

이 책을 존경하는 미사키 히사시(身崎壽) 선생님께 바칩니다

책머리에 001
일러두기 003
머 리 말 005

하나.
만남 013

둘.
짝사랑 053

셋.
동침 081

넷.
기다림 123

다섯.
파경 181

맺 음 말 192
*『만엽집』의 한국어 완역을 기대하며 194
찾아보기 206

일본인의 사랑의 문화사

만엽집

하나. **만남** 지금을 사는 한국과 일본의 남녀는 미팅이나 소개팅을 통해 혹은 인터넷의 동호회 등을 통해 만남의 기회를 가질 수 있다. 그런데 일본 열도에 살았던 고대의 남녀들은 어디서 그런 만남을 가졌을까? 그들이 만나게 되는 계기를 '장소'를 중심으로 해서 검토해 보면, 구릉, 들, 시장, 길, 다리가 고대의 남녀에게 중요한 만남의 장소였던 것 같다.

그럼 우선 구릉을 배경으로 남녀의 사랑이 시작되는 노래부터 살펴보자.

구릉

 권1 · 1, 유라쿠(雄略) 천황

바구니도 좋은 바구니 가지고
호미도 좋은 호미 가지고
이 구릉에서 나물 캐시는 처녀여
집안을 밝히시오 이름을 일러주시오
야마토(大和)라는 나라는
모두 다 빠짐없이
내가 다스리는 나라다
내가 먼저 고할까
신분도 이름도

한자가나 혼합문 籠もよ　み籠持ち　ふくしもよ　みぶくし持ち　この岡に　菜摘ます児　家告らせ　名告らさね　そらみつ　大和の国は　おしなべて　我こそ居れ　しきなべて　我こそいませ　我こそば　告らめ　家をも名をも

원문　籠毛与　美籠母乳　布久思毛与　美夫君志持　此岳爾　菜採須児　家告閑　名告紗根　虚見津　山跡乃国者　押奈戸手　吾許曾居　師吉名倍手　吾己曾座　我許背歯　告目　家呼毛名雄母(45)

〈처녀 : 상상도〉

　『만엽집』은 모두 20권으로 되어 있는데, 제1권의 첫 번째 작품이 바로 위의 노래다. 이 작품에서 눈에 띄는 표현은 천황이 구릉에서 나물 캐는 처녀에게 "집안을 밝히시오 이름을 일러주시오(家告らせ 名告らさね)"라고 상대방의 신상을 묻는 행위이다.

　오늘날 우리들은 사람을 처음 만났을 때 상대방의 이름을 서로 묻고 대답한다. 그것으로써 그 사람과 인간관계를 맺고자 하는 것이다. 따라서 이름을 묻는 것은 물론 적대적인 행위는 아니지만, 일반적으로는 조그마한 호감에 불과하다. 하지만 일본 열도에 살았던 고대인에게는 그것에 좀 더 깊은 의미가 있었던 것 같다.

　고대 사회에서는 자신의 이름을 타인에게 말하면 재난이 발생한다는 믿음이 있었다. 따라서 부모나 배우자 이외의 다른 사람에게는 절대로 이름을 밝혀서는 안 되었다. 고대 일본에 살았던 사람들도 자신의 이름이나 배우자 혹은 사랑하는 사람의 이름을 함부로 입 밖에 내는 것을 터부로 여겼다. 또한 아무도 없는 곳에서조차 그 사람의 이름을 말하는 것을 금기(taboo)시 했다. 왜냐하면 이름을 생명 그 자체라고 여겼기 때문이다.

결국 "바구니도 좋은 바구니 가지고 호미도 좋은 호미 가지고(籠もよ み籠持ち ふくしもよ みぶくし持ち)"로 시작되는 이 작품은, 당시 상대의 이름을 묻는 것(名告り)이 다름 아닌 청혼을 의미했다는 것을 생각한다 면, 궁극적으로 청혼의 노래가 되는 것이다. 곧 이 노래는 유랴쿠 천황 이 봄나물을 뜯는 소녀들 가운데 기품이 있어 보이는 지방 호족의 딸에게 청혼을 하는 작품인 것이다.

덧붙여 다음과 같은 작품들은 사람의 이름을 입 밖에 내는 것이 터부인 것을 나타내는 전형적인 노래들이다.

권11 · 2441, 작자 미상

한국어역 수령과 같이 마음속 깊이 애타게 그리워하고 있다가 기분을 풀 길이 없어서 마침내 그녀의 이름을 말해버렸다

삼가고 꺼려야 하는데

한자 가나 혼합문 隠り沼の　下ゆ恋ふれば　すべをなみ　妹が名告りつ　ゆ ゆしきものを

원문 隠沼　従裏恋者　無乏　妹名告　忌物矣(340)

권11 · 2719, 작자 미상

한국어역 수렁과 같이 마음속 깊이 애타게 그리워하고 있어서는

어딘가 부족해 마침내 다른 사람에게 말해버렸다

삼가고 꺼려야 하는데

한자 가나 혼합문

隠り沼の　下に恋ふれば　飽き足らず　人に語りつ　忌む

べきものを

원문

隠沼乃　下爾恋者　飽不足　人爾語都　可忌物乎(360)

권12 · 2947, 작자 미상

한국어역

그리워하는 마음에 어쩔 수 없었기에
기분을 풀 길이 없어서 나는 마침내 사랑스런 그녀의
이름을 입 밖에 내버렸다
삼가고 꺼려야 하는데

권11 · 2441번 노래와 권12 · 2947번 노래는 남자의 작품이고, 권1
1 · 2719번 노래는 여자의 작품이다. 각각의 노래는 사랑하는 사람의
이름을 타인에게 발설해서는 안 된다는 금기를 어겼다고 읊고 있다.

한자 가나 혼합문

思ひにし　余りにしかば　すべをなみ　我は言ひてき　忌む べきものを

원문

念西　余西鹿歯　為便乎無美　吾者五十日手寸　応忌鬼 尾(377)

들

 권10 · 1879, 작자 미상

한국어역 가스가들(春日野)에 연기가 나는 것이 보인다

처녀들이 봄 들의 쑥부쟁이를

뜯어서 삶고 있나 보다

한자가나혼합문

春日野に　煙立つ見ゆ　娘子らし　春野のうはぎ　摘みて
煮らしも

원문

春日野爾　煙立所見　嬢嬬等四　春野之菟芽子　採而煮
良思文(294)

〈쑥부쟁이〉

움츠리고 살벌했던 겨울이 지나고 개나리, 진달래, 목련이 피기 시작하는 봄이 되면, 대학 캠퍼스의 여기저기서 남학생과 여학생들이 삼삼오오 짝을 지어 이야기를 나누는 광경을 흔히 볼 수 있다. 그들은 새봄을 맞이하여 여러 계획을 세울 것이고, 거기에 꽃놀이와 미팅 계획도 들어갈 것이다. 이처럼 만물이 생동하는 봄은 놀이의 계절이며 만남의 계절인 것이다.

고대의 일본인도 다를 바가 없었다. 그들에게 있어서 봄은 들놀이 시즌이었다. 처녀들은 봄나물을 뜯고 그 봄나물을 삶아 함께 먹었다. 그런 놀이의 중간 중간에 바지런한 남자들은 봄나물을 뜯는 처녀들에게 작업을 걸었던 것이다.

이 작품은 가스가들에서 피어나는 연기를 보고 그곳에서 행해지는 봄나물 뜯기를 상상하면서 만든 노래이다. 고대 일본의 남녀에게 가스가들의 봄나물 뜯기는 매년 가슴속으로 기다리고 있었던 행사였다.

필자에게는 "드디어 봄이 왔다. 가스가들에서는 예쁘고 늘씬한 처녀들이 지금쯤 봄나물을 뜯어서 삶고 있겠지. 저 연기를 보니 내 추측이 틀림없어"라고 말하는 고대 일본인의 목소리가 선명하게 들리는 듯하다.

한편 다음 노래는 들에서 만난 두 사람이 어느새 사랑에 빠져, 하룻밤을 같이 보냈다고 읊은 작품이다. 야마베노 아카히토(山部赤人)라는 가인이 남긴 노래로 봄나물을 뜯으러 온 처녀의 심정으로 만들었던 것이다.

권8 · 1424, 야마베노 아카히토

봄 들판에 제비꽃을 뜯으러

온 나는 들을 사랑스럽다고 생각해

결국 하룻밤 자버렸다

이 작품은 처음에는 당일치기할 작정이었는데 결국 상대방과 자버렸다는 것을 읊은 노래이다. 당시에 산막 같은 시설이 있어 묵으면서 놀 수도 있었던 것 같다.

히라가나 혼합문
春の野に　すみれ摘みにと　来し我そ　野をなつかしみ
一夜寝にける

원문
春野爾　須美礼採爾等　来師吾曾　野乎奈都可之美　一
夜宿二来(238)

〈제비꽃〉

1.3
시장

 권12・3101, 작자 미상

한국어역 쓰바시장(海石榴市)의 번화한 거리에서
지금 만나고 있는 그대의 이름은 무엇입니까

紫は 灰さすものそ 海石榴市の 八十の衢に 逢へる児
や誰

紫者 灰指物會 海石榴市之 八十街爾 相児哉誰(388)

〈평성경 터〉

필자가 근무하는 대학은 기본적으로 모든 수업을 인터넷으로 진행한다. 그런 의미에서 최첨단 교육을 하고 있다고 말할 수 있다. 하지만 그렇다고 해서 교수와 학생이 전혀 만나지 않는 것은 아니다. 일반 대학에 뒤떨어지지 않을 정도로 모임이 많다. 예를 들면 한 학기에 한 번씩 하는 교수－학생 간담회가 그것이다. 이 모임은 말 그대로 간담회 형식을 띠면서, 학생들이 수업 담당 교수에게 주로 수업 내용 등을 묻는다. 이것이 끝나면 2차로 식사 모임을 갖는다. 그런데 학생들 중에는 이 교수－학생 간담회의 뒤풀이를 은근히 기다리는 사람도 있는 것 같다. 왜냐하면 이성과 자연스럽게 이야기를 나눌 수 있고, 더 나아가 이성교제의 발판을 만들 수 있기 때문이다. 이처럼 남녀가 모이는 곳은 이성과 만날 수 있는 장소도 되는 것이다.

지금의 나라(奈良)에 있었던 고대 일본의 옛 도읍지인 평성경(平城京)에는 서쪽과 동쪽에 공설 시장이 있었다. 시장은 교역의 중심지이고, 물건과 돈이 오고 가는 장소이다. 그러나 교환되는 것은 물건과 돈만이 아니다. 사는 사람, 파는 사람, 물건을 나르는 사람이 왕래하는 장소도 되는 것이다.

좀 전에 언급했듯이 사람이 오고 가는 곳은, 달리 말하면 남자와 여자가 만나는 장소인 것이다. 결국 그곳은 '작업'의 명소도 되는 것이다. 특히 쓰바시장은 나라현(県 : '현'은 우리나라의 '도'에 해당) 사쿠라이시(桜井市) 가나야(金屋) 미와(三輪)산 부근에 있었는데, 그곳은 남녀가 만나는 거리로 유명했다. 거기는 집단적으로 이루어지는 남녀의 짝짓기 파티(coupling party)인 '가원(歌垣)'이 행해졌던 곳으로도 유명했다.

일본 고대에는 특정한 날, 특정한 장소에 많은 남녀가 함께 모여 먹고 마시며 노래를 주고받으면서 춤을 추는 민간 행사가 있었다. 이 날은 성적 해방이 허락되었다. 당시의 중앙에서는 이것을 '가원'이라고 불렀고, 지방에서는 '가가이(嬥歌)'라고 했다. 본래는 풍작을 기원하거나 혹은 풍년을 감사하는 의례적 행사였고, 보통 봄과 가을에 행해졌다.

그런 '가원'의 밤은 젊은 남녀 누구나가 가슴 설레며 기다리는 뜨거운 밤이었다. 남녀의 짝짓기 파티인 '가원'은 때와 장소를 정해서 남녀가 모인 후, 서로 노래를 주고받으며 연인을 찾는 행사였다. 따라서 노래를 부를 수 없는 사람은 이성의 관심을 살 수 없었다.

그런데 여기에는 규칙이 있었던 것 같다. 즉, 첫 번째는 노래를 주고받으면서 서로의 마음을 떠보고 상대방을 찾는다는 룰이다. 예를 들면 "우리 집에 왜 왔니 왜 왔니 왜 왔니…"로 시작하는 옛날 놀이를 떠올리면 될 것 같다. 이렇게 서로 노래를 주고받는 사이에 마음에 드는 이성을 발견한다든지 상대방의 호의를 느낀다든지 하는 것이었다.

결국 '가원'은 요즘식으로 말하면 집단 커플링 파티인데, 이 날만큼은 남녀가 자유롭게 함께 자는 것이 허용되었던 것이다. 스와핑(swapping)마저도.

이와 같은 사정은 다음의 노래를 통해서 확인할 수 있다.

권9・1759, 다카하시노 무시마로(高橋虫麻呂) 가집에서

독수리 사는 쓰쿠바산의

모하키(裳羽服)샘, 그 샘 근처에서

서로 작업을 걸고 있던 젊은 남녀가

모여서 서로 노래를 주고받고 춤추는 이 가가이(嬥歌)

의 밤에는

유부녀와 동침하고자 한다

내 아내에게 다른 남자가 수작을 거는 것도 좋다

이 산을 다스리는 신이

먼 옛날부터 허락하셨던 행사다

오늘 하루만은 불쌍하다고 생각하지 말아주세요

무엇을 하더라도 너무 책망하지 말아주세요

<'조가(嬥歌)'는 아즈마 지방(東国) 방언으로 가가이라고 한다.>

한자가나 혼합문

鷲の住む　筑波の山の　裳羽服津の　その津の上に　率ひ
て　娘子壮士の　行き集ひ　かがふ燿歌に　人妻に　我も交
はらむ　我が妻に　人も言問へ　この山を　うしはく神の
昔より　禁めぬ行事ぞ　今日のみは　めぐしも見そ　事も
咎むな　＜燿歌は、東の俗の語にかがひと曰ふ＞

원문

鷲住　筑波乃山之　裳羽服津乃　其津乃上爾　率而　未通
女壮士之　徃集　加賀布燿歌爾　他妻爾　吾毛交牟　吾妻
爾　他毛言問　此山乎　牛掃神之　従来　不禁行事敘
今日耳者　目串毛勿見　事毛咎莫　燿歌者東俗語曰賀我比

(280)

    그건 그렇고 "쓰바시장의 번화한 거리에서(紫は 灰さすものそ 海石榴市の 八十の衢に)…"로 시작되는 긴12·3101번 노래는 가원의 장소로 알려진 쓰바시장에서 만난 여자에게 이름을 묻는 노래이다. 앞에서 자세히 설명했듯이 상대방의 이름을 묻는 것은 구혼을 의미했으므로 이 작품 또한 청혼의 노래가 되는 것이다.

    그런데 이와 같은 청혼의 노래에 상대방은 어떻게 대답했을까?

    다음 노래는 이 작품에 직접적으로 대답한 것은 아니지만, 남자의 청혼에 대한 여자의 반응을 알 수 있다는 점에서 참고가 된다.

〈다카하시노 무시마로〉

권12 · 3102, 작자 미상

어머니가 날 부르는 이름을

한국어역 가르쳐 드리고 싶습니다만 아무런 연고도 없는 길

가는 사람인 그대를

누군지 모른 채 뭐라고 말씀드리면 좋겠습니까

이 작품은 남자의 구애가인 권 12 · 3101번 노래의 답가인데, 여기서 여자는 이디 사는 누군지도 모르는 아무런 관련도 없는 당신에게 자신의 이름을 말할 수 없다고 노래한다. 하지만 사실은 그가 마음에 들었는지도 모른다. 여하튼 청혼을 하는 상대방의 의향을 떠보고 싶다는 마음이 작용해서인지, 아니면 모르는 사람에게 자신의 이름을 말하는 것이 터부라서 그랬는지 여자는 곧바로 자신의 이름을 밝히지 않는다.

그런데 다음 작품은 가원에서 알게 된 남자에 대한 일편단심을 읊은 여자의 노래이다.

^{한자가나혼합문} たらちねの　母が呼ぶ名を　申さめど　道行き人を　誰と
知りてか

^{원문} 足千根乃　母之召名乎　雖白　路行人乎　執跡知而可₍₃₈₈₎

〈길〉

권12 · 2951, 작자 미상

한국어역 쓰바시장의 번화한 거리에서
남녀의 짝짓기 파티인 가원을 했을 때에 매어준 이
끈을
푸는 것은 애석하다

이 작품의 작가는 가원에서 끈을 서로 묶은 남자와는 그 후 만나지
못한 것 같다. 하지만 여기서 여자는 그 남자가 묶어준 끈을 함부로
풀 생각이 나지 않는다고 노래한다. 고대 일본 사회에서 상대가 매어준
끈을 풀지 않겠다고 하는 것은 곧 절개를 지키겠다는 것을 의미했다.
따라서 이 노래에서는 여자의 절개를 느낄 수 있다.

한편 다음과 같은 작품은 관계를 맺은 여자를 회상하는 남자의 노래
이다.

海石榴市の　八十の衢に　立ち平し　結びし紐を　解かまく惜しも

海石榴市之　八十衢爾　立平之　結紐乎　解巻惜毛(378)

권3 · 284, 가스가노 오유(春日老)

한국어역 야이즈(燒津) 근처에 내가 갔을 적에

스루가(駿河)의 아베시장(阿倍の市)으로 가는 길에서

만났던 처녀여

이 작품은 작자인 가스가노 오유가 지금의 시즈오카현(靜岡県)의 스루가의 아베시장에서 열린 가원에서 관계를 맺은 여자를 도읍지에 돌아와서 회상하는 작품이다. 당시에 담배가 있었고, 그리고 그가 애연가였다면 이와 같은 회상을 하면서 피우는 그 담배 맛이 얼마나 달고도 씁쓸했을까.

焼津辺に　我が行きしかば　駿河なる　阿倍の市道に　逢
ひし児らはも

焼津邊　吾去鹿歯　駿河奈流　阿倍乃市道爾　相之児等
羽裳(95)

1.4

길

 권10 · 2340, 작자 미상

한국어역 단지 한 번 본 사람을 애타게 그리워하는 아픔이라는 것은

하늘을 흐리게 하며 내리는 눈과 같이

몸도 스러지는 것이다

상대방에 첫눈에 반한 경우는 누구라도 있을 것이다. 필자 또한 예외가 아니다. 첫눈에 반한 것은 그를 성적 상대로 생각한 것을 의미한다고 말한 사람도 있다. 이 지적에 동의를 하든 그렇지 않든 간에 '첫눈에 반한' 사람과 사랑을 할 수 있는 사람은 축복받은 사람이 아닐까?

이 작품은 단지 한 번밖에 보지 않은 상대에게 마음을 빼앗겨 죽고 싶을 정도로 만나고 싶다고 읊은 남자의 노래이다.

그렇다면 어디에서 첫눈에 반한 것일까? 다음 작품은 쇼무(聖武) 천황의 노래인데, 그 장소 중의 하나가 '길'이었다는 것을 알려준다.

한자가나혼합문 一目見し　人に恋ふらく　天霧らし　降り来る雪の　消ぬ
べく思ほゆ

원문 一眼見之　人爾恋良久　天霧之　零来雪之　可消所念(330)

권4 · 624, 쇼무 천황

길에서 만나 생긋 웃으신 것만으로
내리는 눈처럼 마음이 녹아버린 듯이
나를 그리워한다고 하는 귀여운 그대여

여기서 쇼무 천황은, 길에서 우연히 만나 미소 지었더니 이젠 내
몸은 어떻게 되든지 상관없을 정도로 나(=쇼무 천황)를 사랑한다는
여자가 귀엽다고 노래한다.

한자 가나 혼합문

道に逢ひて　笑まししからに　降る雪の　消なば消ぬがに
恋ふと言ふ我妹

원문

道相而　咲之柄爾　零雪乃　消者消香二　恋云吾妹(138)

〈쇼무천황 : 상상도〉

다리

 권9 · 1742, 다카하시노 무시마로

한국어역

가타시하강(片足羽川)의
붉게 칠한 큰 다리 위를
아름다운 다홍치마 자락을 끌면서
산쪽풀로 물들인 저고리를 입고
홀로 건너가는 처녀는
남편이 있는 것일까
혼자서 자는 것일까
정다운 말을 걸어보고 싶은 저 처녀
어느 집 처녀인지 모르는구나

しなでる　片足羽川の　さ丹塗りの　大橋の上ゆ　紅の
赤裳裾引き　山藍もち　摺れる衣着て　ただひとり　い渡
らす児は　若草の　夫かあるらむ　橿の実の　ひとりか寝
らむ　問はまくの　欲しき我妹が　家の知らなく

級照　片足羽河之　左丹塗　大橋之上従　紅　赤裳数十引
山藍用　揩衣服而　直独　伊渡為児者　若草乃　夫香有良
武　橿実之　独歟将宿　問巻乃　欲我妹之　家乃不知久

(277)

〈산쪽풀〉

권9 · 1743, 다카하시노 무시마로

한국어역 큰 다리 옆에 내 집이 있었다면
가련하게도 혼자서 걸어가는 저 처녀에게
잠 잘 곳을 빌려주고 싶은데

횡단보도에서 혹은 육교에서 마주 오는 이성이 이상형인 경우를 누구라도 한 번쯤은 경험한 적이 있을 것이다. 어떤 사람은 뒤돌아보면서 이상형의 이성이 자신에게서 점점 멀어져 가는 것을 안타깝게 생각하는 사람도 있을 것이고, 어떤 사람은 주위의 시선을 의식해서 뒤돌아보는 행위를 하지 못하는 사람도 있을 것이다.

고대 일본인은 다리를 이쪽과 저쪽을 잇는 특수한 공간이라고 생각했다. 그런데 이곳에도 남녀의 만남은 있었던 것 같다. 그것을 이들 노래를 통해 확인할 수 있다.

그런데 권9 · 1742번 노래와 권9 · 1743번 노래를 읊은 작가는 뒤돌아보는 용기가 있었던 것 같다.

한자
가나
혼합문

大橋の　頭に家あらば　ま悲しく　ひとり行く児に　宿貸

さましを

원문

大橋之　頭爾家有者　心悲久　独去児爾　屋戸借申尾(277)

〈다카하시노 무시마로 자필〉

둘. 짝사랑

어떤 사람은 짝사랑을 즐긴다고 한다. 왜냐하면 마음에 상처를 남기지 않기 때문이란다. 그리고 자기가 시작하고 싶을 때 시작하고, 끝내고 싶을 때 끝낼 수 있기 때문이란다. 하지만 과연 그럴까? 짝사랑에는 고통이 동반되지 않는 것일까? 적어도 고대 일본인은 이룰 수 없는 짝사랑에 괴로워하고, 죽고 싶을 정도로 가슴 아파하며, 그러면서도 상대방을 잊지 못하고 있다. 이와 같이 사랑에 올인하는 고대인이 필자에게는 인간답게 보인다.

우선 이룰 수 없는 사랑에 괴로워하는 고대 일본인을 만나보자. 그리고 마음속으로 위로해 주자.

권4 · 658, 오토모노사카노우에노 이라쓰메

(大伴坂上郎女)

아무리 그리워해도 이렇다 할 성과가 없다는 것을

알면서도 어찌하여 이렇게

나는 상대방을 그리워하고 있는 것일까

이 작품은 『만엽집』의 여류 가인을 대표하는 한 사람인 오토모노사카노우에노 이라쓰메의 노래이다. 이 노래는 "아무리 그리워해도 이렇다 할 성과가 없다는 것을 알면서도(思へども 驗もなしと 知るものを)"에 잘 나타나 있듯이, 이룰 수 없는 사랑에 괴로워하고 있는 노래다. 다시 말해 작자는 의지라든지 이성(理性)으로는 어쩔 수 없는 자신의 마음을 한탄한다. 그 상황이 너무 안타깝지 않은가.

이렇듯 적어도 고대 일본인들에게 사랑하는 감정이란 컨트롤을 할 수 있는 성질의 것이 아니었다.

한자가나혼합문 思へども　驗もなしと　知るものを　なにかここだく　我が
恋ひ渡る

원문 雖念　知僧裳無跡　知物乎　奈何幾許　吾恋渡(142)

권4 · 694, 히로카와노오키미(広河女王)

한국어역 사랑을 하면 돋아나는 연초(恋草), 그것을 짐수레에
일곱 대분 실을 정도로
사랑하는 나의 마음은 큰 것이 되었습니다
그것도 내 마음으로부터

이 작품에서 재미있는 것은 '연초(恋草)'라는 비유이다. 즉, 사랑을
하면 그 사람의 마음속에는 '연초'라는 풀이 돋아난다는 것이다. 그것
은 컨트롤할 수 없는 마음을 나타낸다.
또한 그는 다음과 같이 노래한다.

한자 가나 혼합문 恋草を　力車に　七車　積みて恋ふらく　我が心から

원문 恋草呼　力車二　七車　積而恋良苦　吾心柄(145)

권4 · 695, 히로카와노오키미

지금에 와서는 사랑과는 인연이 없다고
생각했었는데 대관절 어디에 사는 어느 놈의 연심(恋
心)인가
덤벼드는 것은!

권4 · 694번 노래에서 히로카와노오키미는 "내 마음으로부터(我が
心から)"라고 노래했는데, 이번 노래에서는 연심이 덤벼든다고 노래한
다. 자신의 마음이면서도 "덤벼든다(つかみかかれる)"라는 것은 컨트롤
할 수 없는 연심을 표현한 것이다.

그런데 이와 같은 노래를 읊었던 히로카와노오키미의 조부가 다름
아닌 덴무(天武) 천황의 7번째 아들인 호즈미 왕자(穂積親王)이다. 그가
연회에서 자주 불렀던 노래가 『만엽집』 권16에 실려 있다. 이것도
파격적인 노래이다.

한자가나 혼합문

恋は今は　あらじと我は　思へるを　いづくの恋そ　つかみ
かかれる

원문

恋者今葉　不有常吾羽　念乎　何所恋其　附見繋有(145)

권16 · 3816, 호즈미 왕자

한국어역 집에 있는 상자에 열쇠를 채워

가두어둔 사랑의 노예가

덤벼든다!

이 노래는 호즈미 왕자가 연회석이 무르익었을 때 자주 흥얼거렸던 애창곡이라고 한다. 조부인 호즈미 왕자가 "사랑의 노예가 덤벼든다(恋の奴が つかみかかりて)"고 읊으면, 손녀인 히로카와노오키미도 "어느 놈의 연심인가(いづくの恋ぞ)"로 이어간다. 그리고 사랑이란 한없이 돋아나는 '풀'이라고 그녀는 웃어넘겨 버린다. 이들 노래에 나타나 있는 것은 사랑이란 막으려 해도 막을 수 없는 재난과 같은 것이라는 연애관이다. 실제로 고대에서 사랑이란 위험한 병의 하나로 인식되고 있었던 것이다.

그런데 다음에 감상할 작품들은 짝사랑의 괴로움을 너무도 잘 표현하고 있는 노래들이다. 우선 권8 · 1500번 노래에서 알 수 있듯이, 짝사랑은 '괴로운 것(苦しきもの)'이다.

한자 가나 혼합문

家にありし　櫃に鏁刺し　蔵めてし　恋の奴が　つかみか
かりて

원문

家爾有之　櫃爾鏁刺　蔵而師　恋乃奴之　束見懸而(495)

권8 · 1500, 오토모노사카노우에노 이라쓰메

한국어역 여름 들의 숲에 피어 있는
산단(山丹)처럼 남몰래 그리는 짝사랑은
괴로운 것입니다

이 작품은 앞의 권4 · 658번 노래와 같이 오토모노사카노우에노 이라쓰메의 노래다. 여기서 농염한 여름의 풀숲에 피는 가련한 산단은, 짝사랑에 괴로워하는 여자 그 자체의 모습을 상징한다.

夏の野の　繁みに咲ける　姫百合の　知らえぬ恋は　苦し

きものそ

夏野之　繁見丹開有　姫由理乃　不所知恋者　苦物曾(247)

권10 · 1989, 작자 미상

병꽃나무 꽃과 같이 마음을 열어주지 않는

그이에게 이토록 사랑에 괴로워할 것인가

짝사랑인 채로

또한 이 작품도 짝사랑의 괴로움을 읊고 있다.

한편 짝사랑은 당사자에게는 살아도 사는 것 같지 않은 느낌을 준다고 노래하는 작품이 바로 권11 · 2525번 노래다.

한자가나 혼합문

卯の花の　咲くとはなしに　ある人に　恋ひや渡らむ　片
思にして

원문

宇能花之　開登波無二　有人爾　恋也将渡　独念爾指天

(303)

〈병꽃나무 꽃〉

권11 · 2525, 작자 미상

한국어역 마음을 다하여 짝사랑해서인가

요사이 내 마음은

살아 있는 것 같지도 않다

"내 마음은 살아 있는 것 같지도 않다(我が心どの 生けるともなき)"는
표현은 마음 여린 여자의 심정을 잘 그려내고 있다.

이와 같이 짝사랑은 숨을 쉬어도 쉰 것 같지 않고, 살아 있어도
살아 있는 것 같지 않은 감정을 짝사랑하는 이에게 갖게 한다. 그러다가
그 감정이 복받치면 짝사랑이라는 감정은 앞으로 감상할 권11 · 2401
번 노래와 권11 · 2370번 노래와 같이 상대방에 대한 원망으로 나타나
기도 한다. 남자의 작품과 여자의 작품을 순서대로 감상해 보자.

한자 가나 혼합문

ねもころに　片思すれか　このころの　我が心どの　生ける
ともなき

원문

懃　片念為歟　比者之　吾情利乃　生戸裳名寸(347)

권11 · 2401, 작자 미상

한국어역 사랑에 괴로워하며 죽고 싶다면 그리워하다가 죽으
라는 것인가
그 처녀가 내 집 앞을
그냥 지나쳐 버리는 것일까

한자 가나 혼합문

恋ひ死なば　恋ひも死ねとや　我妹子が　我家の門を　過ぎて行くらむ

원문

恋死　恋死哉　我妹　吾家門　過行(336)

권11 · 2370, 작자 미상

한국어역
사랑에 괴로워하며 죽고 싶다면 그리워하다가 죽으
란 말인가
길 가는 사람
그 누구도 그이의 전갈을 전해주지 않는다

"사랑에 괴로워하며 죽고 싶다면 그리워하다가 죽으라는 것인가(恋
ひ死なば 恋ひも死ねとや)"에는 자신의 마음을 알아주지 않는 상대방에
대한 원망이 나타나 있다.

이와 같이 자신의 심정을 알아주지 않는 상대에 원망을 나타내면서
도 또한 한편으로는 다음과 같이 자연만큼은 자신의 심정을 알아줄
것이라고 말하며 자기 자신을 위로하기도 한다.

한자
가나
혼합문

恋ひ死なば　恋ひも死ねとや　玉桙の　道行き人の　言告
げもなき

원문

恋死　恋死耶　玉桙　路行人　事告無(333)

권7 · 1304, 작자 미상

한국어역 (하늘에 떠 있는 구름이 가로 길게 뻗어 있는 산처럼)
숨기고 있던 이내 속마음은
나뭇잎만 알고 있으리라

　이 작품은 나무에 의탁한 것이다. 여기서 작자는 여자인데, 나뭇잎에 비유해서 저 사람만은 내 마음을 알아주겠지라고 노래한다. 가련한 여심이 느껴진다.

　이와 같이 고대 일본인에게는 수목만큼은 자신의 마음을 알고 있을 것이라는 믿음이 있었다.

한자가나혼합문 天雲の　たなびく山の　隠りたる　我が下心　木の葉知る
らむ

원문 天雲　棚引山　隠在　吾下心　木葉知(227)

권2 · 145, 야마노우에노 오쿠라(山上憶良)

한국어역 아리마(有間) 왕자의 넋은 새와 같이 오고 가면서
보고 계시겠지만 다른 사람이야 그것을 몰라도
소나무는 알고 있겠지

翼なす　あり通ひつつ　見らめども　人こそ知らね　松は

知るらむ

鳥翔成　有我欲比管　見良目杼母　人社不知　松者知良

武(72)

〈야마노우에노 오쿠라와 그의 가족 :
상상도〉

권3 · 291, 오다노 쓰카후(小田事)

한국어역

노송나무의 가지와 잎이 휘어 늘어져 있는 세노산(勢能山)을

전망하는 여유도 없이 넘어가지만

나뭇잎도 내 심정을 알고 있는 것일까

　이와 같은 작품들은 수목만큼은 작자의 심정을 알아줄 것이라는 믿음을 잘 표현한 노래이다.

　그런데 짝사랑에 괴로워하고, 자신의 마음을 알아주지 않는다고 하더라도 계속해서 상대방을 생각하는 것이 또한 짝사랑인 것 같다. 그것을 읊은 것이 바로 권11 · 2378번 노래이다.

真木の葉の　しなぶ勢能山　しのはずて　我が越え行けば
木の葉知りけむ

真木葉乃　之奈布勢能山　之努波受而　吾超去者　木葉
知家武(96)

권11 · 2378, 작자 미상

아아 뭐 이젠 오시지 않게 된 그대인데도

어찌하여 싫어하지도 아니하고 나는

그리워하고 있는 것일까

이 작품은 남자의 방문을 기다리는 여자의 마음을 노래한 것이다. 하지만 어쩌면 이 노래는 바보처럼 기다리고 있는 자신을 비웃는 형태로써 짝사랑의 괴로움을 말하고 있는지도 모른다.

한자 가나 혼합문
よしゑやし　来まさね君を　何せむに　厭はず我は　恋ひ
つつ居らむ

원문
吉恵哉　不来座公　何為　不猒吾　恋乍居(334)

셋. **동침**

어떤 사람은 결혼이란 남자와 여자가 남녀관계를 맺는 것을 법적으로 인정해 주는 것이라고 말한다. 틀린 말은 아니다. 하지만 모든 남녀관계가 법적인 효력하에서만 이루어지는 것은 아니다. 만약 그렇다면 성에 관련된 청소년 문제가 사회에서 회자되지는 않을 것이다. 문제는 오히려 남녀의 육체적인 관계를 결혼과 결부시켜서 생각할 것인가, 그러지 않을 것인가에 관한 인식의 문제가 아닐까?

이번 장에서는 고대 일본인의 성관계를 담은 노래를 검토해 볼 것이다. 특히 베개, 깔개, 옷을 읊으면서 남녀관계를 노래한 작품을 중점적으로 살펴볼 예정이다.

1.

베개

 권14 · 3464, 작자 미상

한국어역 사람들의 소문이 시끄럽다고 해서

모시로 만든 같이 베는 베개를

우리들이 베지 않는 일이야 있겠습니까

한자가나 혼합문 人言の　繁きによりて　まを薦の　同じ枕は　我はまかじ
やも

원문 比登其登乃　之気吉爾余里弓　麻乎其母能　於夜自麻久
良波　和波麻可自夜毛(441)

화창한 봄이나 상쾌한 초여름 그리고 선선한 가을의 대학 캠퍼스 벤치는 남녀 커플로 넘쳐난다. 손을 잡은 커플, 팔짱을 낀 커플. 그런데 그 벤치 주위를 지나가는 사람들의 눈을 끄는 커플은 이런 커플이 아니다. 그럼 어떤 커플일까?

필자가 추측컨대, 남자가 여자의 무릎을 베개로 하고 있고, 여자는 남자의 머리카락을 쓰다듬는 광경, 혹은 그 역할이 반대인 커플이 아닐까. 그 주위를 지나가는 사람은 그 풍경을 아름답다고 느끼기도 하고 혹은 부럽다고 생각하기도 하면서 그 남녀에게서 눈을 떼지 못할 것이다.

고대 일본인도 현재의 우리들과 마찬가지로 사랑하는 사람의 무릎베개, 팔베개를 즐겼던 것 같다. 재미있는 것은 무릎베개, 팔베개를 포함한 '베개'라는 물건이 남녀의 육체적인 관계와 직결되어 있다는 것이다.

권14·3464번 노래는 남자가 부른 노래인지 여자가 부른 노래인지 확실하지 않지만, 여하튼 상대방에 대한 일편단심을 노래한 것이다.

그런데 고대의 일본 남녀는 부부라고 해도 항상 함께 살았던 것은 아니다. 왜냐하면 당시는 부부의 인연을 맺어도 남편이 밤에는 아내의 집에 가서 부부관계를 맺고, 새벽에는 아내의 집을 떠나야만 했던 '부부별거제'였기 때문이다. 따라서 당연한 말이지만 남자 친구를 혹은 남편을 기다리는 여인의 노래가 『만엽집』에는 많이 남아 있다. 다음과 같은 노래도 이와 같은 당시의 결혼제도를 염두에 두어야 올바르게 이해할 수 있다.

권11 · 2503, 작자 미상

한국어역 저녁이 되면 잠자리를 떠나지 아니하는

회양목 베개여 어찌하여 너는

네 주인을 기다리지 못하는가

이 작품은 저녁 무렵을 배경으로 한 여자의 노래이다. 여기서 작자는 베개를 의인화하여 자신의 심정을 노래하고 있다. 즉, 베개를 살아 있는 것으로 간주함으로써 베개를 통해 상대방을 기다리는 여자의 외로움을 노래하고 있는 것이다.

또한 이와 같이 기다리는 여자의 노래는 다음 작품에서 보이듯이 "나의 목침에는 이끼가 돋아났습니다(我が木枕は 苔生しにけり)"라는 과장된 표현도 낳았다.

夕されば　床の辺去らぬ　黄楊枕　なにしか汝の　主待ち難き

夕去　床重不去　黄楊枕　何然汝　主待固(345)

권11 · 2630, 작자 미상

당신이 매어준 끈을 풀 날이 멀기만 하기에

나의 목침에는

이끼가 돋아났습니다

이 작품은 긴 일정으로 여행(旅)을 떠난 남편을 애타게 기다리는 아내의 노래이다. "나의 목침(我が木枕)"은 두 사람이 잠자리를 할 때 쓰던 베개로, 혼자 잘 때 쓰는 베개와는 다르다. 같이 쓰던 목침에 이끼가 돋아났다는 표현은, 곧 오랫동안 만나지 못했다는 것을 나타내는 과장된 표현이다. 기다리는 여심이 잘 나타나 있다.

한자 가나 혼합문

結ひし紐　解かむ日遠み　しきたへの　我が木枕は　苔生
しにけり

원문

結紐　解日遠　敷細　吾木枕　蘿生来(354)

1.1

무릎베개

 권5 · 810, 오토모노 타비토(大伴旅人)

언제 어느 때가 되면

내 소리의 참맛을 알아주시는 이의 무릎을

베개로 할 수 있을까요

이 작품은 무릎 베개를 소재로 한 것으로, 거문고의 명수인 백아(伯牙)와 그 연주의 가치를 잘 아는 종자기(種子期)의 고사를 밑바탕에 두고 있다고 생각된다. 고상함이 느껴진다.

또한 다음 작품인 권14 · 3457번 노래에는 여자의 질투가 잘 나타나 있다.

한자 가나 혼합문

いかにあらむ　日の時にかも　音知らむ　人の膝の上　我が枕かむ

원문

伊可爾安良武　日能等伎爾可母　許恵之良武　比等能比射乃倍　和我麻久良可武(161)

〈오토모노 타비토 : 상상도〉

권14 · 3457, 작자 미상

중앙 관청에서 일하고 있는 나의 남편이여

도읍지인 야마토(大和) 여자의 무릎을 벨 때마다

나를 기억해 주세요

이 작품은 중앙 관청 등에 종사하기 위해 자신의 곁을 떠나는 남자를 생각하면서 부른 아내의 노래이다. 여기서 여자는 표면적으로는 "야마토 여자의 무릎(大和女の膝)"을 베개로 하는 것을 용서하겠다고 하지만 마음속으로는 결코 그렇지 않을 것이다. 이와 같은 역설이 여자의 질투를 잘 나타내고 있다. 그런데 그 표현이 좀 섬뜩하지 않은가.

한자가나혼합문

うちひさす　宮の我が背は　大和女の　膝まくごとに　我
を忘らすな

원문

宇知日佐須　美夜能和我世波　夜麻登女乃　比射麻久其
登爾　安乎和須良須奈(440)

팔베개

 권10 · 2021, 작자 미상

멀리 있는 아내인 직녀의 팔베개를 하며
잔 밤은 닭이여 울지를 마라

밤이 새면 새더라도 하는 수 없지만

견우와 직녀는 1년에 단 하루만 만날 수 있는 운명에 처해 있다.
곧 사랑하는 이와 항상 함께 할 수 없다는 것이다. 이 작품은 이와
같은 사랑을 배경으로 한 것으로, 견우의 입장에서 직녀와의 동침을
읊고 있다.

한자 가나 혼합문

遠妻と　手枕交へて　寝たる夜は　鶏がねな鳴き　明けば
明けぬとも

원문

遥媖等　手枕易　寤夜　鶏音莫動　明者雖明(306)

권12 · 2963, 작자 미상

한국어역 팔을 마음껏 펴고 만족스럽게

모든 세상 사람이 자는 그처럼 편안한 잠도 못 자고

(혼자) 그리워하면서 있을 것인가

이 노래도 또한 여자와 함께 늘 자지 못하는 남자의 한탄을 노래하고 있다.

이와 같이 사랑하는 사람을 만나지 못할 때, 고대 일본인은 그 시간을 어떻게 보냈을까? 절개를 지킨 노래와 다른 여자에게 관심을 보이는 노래를 차례대로 감상해 보자.

한자 가나 혼합문

白たへの　手本ゆたけく　人の寝る　甘睡は寝ずや　恋ひ
渡りなむ

원문

白細之　手本寛久　人之宿　味宿者不寐哉　恋将渡(378)

권11 · 2451, 작자 미상

한국어역 하늘의 구름이 서로 붙는 끝이 떨어져 있듯이
멀리 떨어져 살아 만나지 못한다 해도 다른 여자의
팔베개를
어찌하여 내가 베겠습니까

이 작품에서는 남자의 절개가 느껴진다. 하지만 모든 남자가 절개를
노래한 것은 아니다. 어느 시대에도 플레이보이는 있는 법이니까. 그런
플레이보이를 우리는 권14 · 3369번 노래에서 만날 수 있다.

天雲の　寄り合ひ遠み　逢はずとも　異し手枕　我まかめ
やも

天雲　依相遠　雖不相　異手枕　吾纏哉(341)

권14 · 3369, 작자 미상

한국어역
아시가라(足柄) 묏벼랑에 자라 있는 고운 사초로 만든
사초(莎草) 베개를 어찌하여 베는고

(그러지 말고서) 귀여운 처녀야 베려무나 내 팔베개를

한마디로 이 작품은 여자를 유혹하는 노래다. 특히 변변찮은 "사초베개(菅枕)"와 체온이 느껴지는 "팔베개(手枕)"를 대비하고 있는 것이 무척 흥미롭다. 과연 이 작업에 귀여운 처녀는 넘어갔을까?

한자가나혼합문

足柄の　ままの小管　菅枕　あぜかまかさむ　児ろせ手枕

원문

阿之我利乃　麻萬能古須気乃　須我麻久良　安是加麻可
左武　許呂勢多麻久良(428～429)

〈사초〉

2.

깔개

  권11 · 2837, 작자 미상

한국어역

아름다운 요시노(吉野)강의 굽은 곳에 있는 사초를

엮으려는 생각도 없이 벨 대로 베어 놓고

흐뜨려 놓은 채로 두시렵니까

지금이라면 남녀가 육체적인 관계를 맺는 장소로 러브호텔 등을 생각할 것이다. 하지만 고대 일본에 그와 같은 시설이 있었던 것도 아니고… 도대체 그들은 어디서 사랑을 나누었을까?

이 작품은 사초로 깔개도 엮지 않은 사이에 그 벤 사초를 깔개로 하여 같이 자버린 것을 노래하고 있다. 이 작품의 작가는 무척이나 정열적인 사랑을 나누고 싶었나 보다. 이와 같은 깔개와 관련된 한국 영화로는 지금은 에로영화의 고전이 된 <뽕 3> 등의 뽕 시리즈가 있다. 단, 19세 이상만 볼 수 있다는 것을 명심해 주길 바란다.

이와 같은 정열적인 사랑과는 달리 남녀관계를 서정적으로 읊은 노래도 있다. 바로 권11 · 2520번 노래가 그것이다.

한자가나혼합문 み吉野の　水隈が菅を　編まなくに　刈りのみ刈りて　乱
れてむとや

원문 三吉野之　水具麻我菅乎　不編爾　苅耳苅而　将乱跡也

(369)

〈요시노 강〉

권11 · 2520, 작자 미상

한국어역

벤 줄로 엮은 거적 한 겹을 깔고서

자고 있습니다만 그대와 자면

조금도 춥지 않습니다

요즈음에는 결혼할 때 주로 남자가 아파트 같은 주거를 장만하는 것 같다. 빚을 내서라도. 하지만 신혼만큼은 단칸방도 좋지 않을까. 아니 오히려 신혼이니만큼 단칸방에서 시작하는 것도 좋을 것 같다. 왜냐하면 눈에 넣어도 아프지 않은 사랑하는 이가 함께 하기 때문이다. 이와 같은 신혼 초의 느낌을 우리는 이 작품에서 느낄 수 있다.

이 작품에는 "그대와(君とし)"라는 표현이 있으므로 여자의 노래라고 판단된다. 그리고 거적 한 겹을 깔고 자지만 "그대와 자면 조금도 춥지 않습니다(君とし寝れば 寒けくもなし)"라고 노래하는데, 여기에 공감하는 독자는 필자를 비롯해 적지 않을 것이다.

그런데 이와 같은 감정이 영원히 지속되지 않는 것 또한 사실이다. 신혼 초와 같은 감정에는 유효기간이 있다고 하지 않는가! 상대방 남자의 식은 감정을 읊은 것이 다음과 같은 권11 · 2538번 노래이다.

한자가나혼합문 刈り薦の　一重を敷きて　さ寝れども　君とし寝れば　寒けくもなし

원문 苅薦能　一重咺敷而　紗眠友　君共宿者　冷雲梨(347)

권11 · 2538, 작자 미상

혼자 잔들 거적이 상하는 일이야 있겠습니까
화문석이 닳아서 한 올 실이 될 때까지
그대를 기다리겠습니다

이 작품에서 여자는 자신에게 오지 않는 남자를 빈정거리고 있다.
대단히 과장된 표현 속에 넌지시 상대방의 목을 조르는 데가 있다.
섬뜩하다.

다음으로 남녀관계와 결부되어 있는 옷에 관련된 표현을 소매, 허리
끈, 띠를 통해 살펴보자.

한자 가나 혼합문
独り寝と　薦朽ちめやも　綾席　緒になるまでに　君をし
待たむ

원문
独寝等　笈朽目八方　綾席　緒爾成及　君乎之将待(348)

옷 3.
소매 3.1

 권19 · 4163, 오토모노 야카모치(大伴家持)

아내의 소매를 베개로 하여 자고 싶다
강여울에 안개여 자욱이 끼어라
밤이 이슥해지기 전에

이 작품은 견우의 입장에서 읊은 노래로, 밤안개가 자욱이 끼는
것을 틈타 한시라도 빨리 직녀 곁에 가서 타인의 눈도 의식하지 않고
충분히 밀회를 즐기고 싶다는 노래다. 칠석의 밤에는 견우와 직녀가
다른 사람을 신경 쓰지 않고 만날 수 있다. 그런데도 "강여울에 안개여
자욱이 끼어라 밤이 이슥해지기 전에(川の瀬に 立ち渡れ さ夜更けぬと
に)"라고 바라는 것에는, 그런 날조차 제3자가 둘의 만남을 훼방 놓지
않을까 하는 우려가 깔려 있는 것이다.

그런데 사랑하는 사람과 떨어져서 지내게 될 때, 고대 일본인은
어떤 반응을 보였을까? 일본에서 활동했던 탤런트 윤손하가 최근에
결혼했다. 상대는 청년 실업가라고 한다. 그들은 서로 떨어져 있을
때 어떻게 서로의 사랑을 확인하고 키워갔을까? 그의 말에 의하면,
상대방이 윤손하를 보고 싶을 때는 비행기를 타고 일본까지 와서 얼굴
만 본 후 곧바로 한국에 돌아가는 경우도 있었다고 한다.

고대 일본인도 같은 심정이었다는 것을 다음과 같은 노래가 잘 보여
준다.

한자가나혼합문

妹が袖　我枕かむ　川の瀬に　霧立ち渡れ　さ夜更けぬと
に

원문

妹之袖　和礼枕可牟　河湍爾　霧多知和多礼　左欲布気
奴刀爾(572)

〈오토모노 야카모치 : 상상도〉

권4 · 510, 다지히노마히토 카사마로(丹比真人笠麻呂)

소매를 서로 겹친 후 돌아오고 싶다
소요될 날을 세어본 후
갔다 올 수 있다면 좋겠는데

이 작품은 다지히노마히토 카사마로가 도읍지에서 지금의 규슈(九州)에 해당하는 쓰쿠시(筑紫)에 내려갈 때 만들었던 노래이다. 즉, 쓰쿠시 도착까지의 시간을 계산해서 도읍지인 야마토에 잠깐 가서 사랑을 나누고 싶다고 읊는다.

그러나 보고 싶다고 해서 항상 그렇게 할 수만 있는 것도 아니다. 때로는 참을 수밖에 없는 경우도 있을 것이다.

한자
가나
혼합문
白たへの　袖解き交へて　帰り来む　月日を数みて　行き
て来ましを

원문
白細乃　袖解更而　還来武　月日乎数而　徃而来猿尾(126)

권14 · 3482, 작자 미상

한국어역 옷자락을 서로 겹치지 않듯

그렇게 서로가 만나지 않고 있지마는 딴마음을

저는 먹고 있지 않습니다

이 작품은 여자와 만날 수 없는 것을 미안해하면서 여자의 마음을
달래는 남자의 노래라고도 볼 수 있고, 혹은 남자에게 절개를 맹세하는
여자의 노래라고도 읽을 수 있다.

韓衣　裾のうちかへ　逢はねども　異しき心を　我が思は
なくに

可良許呂毛　須蘇乃宇知可倍　安波祢杼毛　家思吉己許
呂乎　安我毛波奈久爾(443)

허리끈 (したひも)

 권11 · 2703, 작자 미상

한국어역

줄을 베는 오노(大野) 강변이

수풀에 숨어 있듯이 남의 눈을 피해 사랑해 온 처녀의

옷끈을

이제야 푸는구나 나는

고대 일본에서 속옷의 끈을 푼다는 것은 동침을 의미했다. 그리고 이와 같은 것은 성인영화에 나오는 한복이나 기모노(着物)를 입은 여배우를 상상하면 알기 쉽다. 결국 서로 맺어준 끈을 만날 때까지 풀지 않는다는 것은 절개를 의미했던 것이다.

　이 작품은 오랫동안 바라던 뜻이 이루어져 바로 지금 사랑스런 여인과 잠자리를 같이 하는 기쁨을 노래한 것이다.

　"옷끈을 이제야 푸는구나 나는(紐解く我は)"이라는 표현에 환희마저 느껴진다.

ま薦刈る　大野川原の　水隠りに　恋ひ来し妹が　紐解く

我は

真薦苅　大野川原之　水隠　恋来之妹之　紐解吾者(359)

권14 · 3465, 작자 미상

고구려 비단의 허리끈을 풀고
옷을 벗고 자는 것 이상으로 어찌하란 말인가
너무나 사랑스럽다

또한 이 작품도 동침할 때의 감회를 읊은 남자의 노래인데, "사랑스럽다(かなし)"는 표현은 일반적으로 남자가 여자에게 쓰는 말로 성애(性愛) 표현이다.

한자가나혼합문

高麗錦　紐解き放けて　寝るが上に　あどせろとかも　あやにかなしき

원문

巨麻爾思吉　比毛登伎佐気弖　奴流我倍爾　安杼世呂登可母　安夜爾可奈之伎(441)

권10 · 2090, 작자 미상

한국어역 고구려 비단으로 된 끈을 서로 풀고서
견우가 사랑을 나누는 밤이다
우리들도 사랑을 나누자

이 작품은 지상에 있는 사람이 천상에 있는 견우와 직녀의 동침을 제3자적 입장에서 그리고 있다.

반면에 앞으로 감상할 권12 · 2974번 노래는 띠를 매개로 동침을 할 수 없는 슬픔을 읊고 있다.

한자
가나
혼합문 高麗錦　紐解き交はし　天人の　妻問ふ夕ぞ　我も偲はむ

원문 狛錦　紐解易之　天人乃　妻問夕叙　吾裳将偲(311)

3.3
띠

 권12 · 2974, 작자 미상

보랏빛 띠를

풀어보지도 못하고 무턱대고 그 처녀를

그리워하면서 지낼 것인가

　　이 작품에는 사랑스런 여인의 허리끈은 말할 것도 없고 겉끈(上帶)조
차도 푸는 일 없이 상대를 애타게 그리워해야만 하는 남자의 한탄이
잘 나타나 있다.

한자가나 혼합문

紫の　帯の結びも　解きも見ず　もとなや妹に　恋ひ渡り

なむ

원문

紫　帯之結毛　解毛不見　本名也妹爾　恋度南(379)

넷. # 기다림

앞에서도 언급했듯이 『만엽집』에 실린 노래가 만들어지고 유통되던 만엽시대의 결혼생활은 부부가 같이 살지 않고 남편이 아내가 사는 집으로 찾아가는 것이었다. 이런 결혼생활에서는 일반적으로 아내가 남편의 방문을 줄곧 기다리게 된다.

이와 같은 결혼생활의 특질을 배경으로 발달했던 것이 연인과 남편의 방문을 기다리는 '여성의 노래'이다. 이것을 보통 '기다리는 여성' 문학이라고 부른다. 그리고 『만엽집』에는 '기다리는 여성' 문학이 적지 않다.

권11 · 2379, 작자 미상

멀리 바라보면 엎어지면 코가 닿을 정도인데

사람 눈을 의식해 우회를 해서 이제야 오시는가 하고

줄곧 기다리고 있습니다

이 작품은 "이제야 오시는가(今か来ます)"에 잘 나타나 있듯이, 남자의 방문을 애타게 기다리는 여자의 노래이다. 즉, 그녀는 자기 집 앞을 서성거리면서 건너편 강가의 나루터에 나타날 연인을 주목하고 있었던 것이다.

한자 가나 혼합문

見渡せば　近きわたりを　たもとほり　今か来ますと　恋ひつつそ居る

원문

見度　近渡乎　廻　今哉來座　恋居(334)

권4 · 488, 누카타노 오키미(額田王)

천황의 방문을 기다리며 제가 그리워하고 있는데

제 집 문의 발을 움직이며

가을바람 불고 있습니다

君待つと　我が恋ひ居れば　我が屋戸の　簾動かし　秋の
風吹く

君待登　吾恋居者　我屋戸之　簾動之　秋風吹(124)

〈누카타노 오키미 : 상상도〉

당시의 결혼 풍습은 부부별거제, 즉 남자가 저녁에 여자 집을 찾아가는 제도였다. 이 노래는 그와 같은 풍습을 바탕에 깔고 있는데, 여기서 아내는 가을 해질녘에 남편이 언제 올 것인가를 기대하면서 마음 졸이고 있다. 기대와 긴장으로 신경이 예민해 있는 여인은 조그마한 소리에도 민감할 것이다. "아! 임이 오셨다"고 생각해서 두근거리며 급히 나가보니 거기에는 가을바람으로 인해 발이 움직이고 있었던 것이 아닌가. 기대가 크면 실망도 큰 법. 희미한 소리를 내는 발의 소리에 두근거렸던 마음과 한순간에 실망한 심정이 잘 나타나 있다. 사랑하는 사람을 손꼽아 기다리는 사람의 심정을 너무나도 잘 묘사한 작품이다.

그런데 이 작품은 여류 가인인 누카타노오키미가 덴치(天智) 천황을

생각하며 지은 노래라고 한다. 하지만 그녀가 실제로 지었다기보다는 후대 사람들에 의해서 만들어진 것으로 보인다. 왜냐하면 이 작품에는 중국의 『문선(文選)』『옥대신영(玉台新詠)』 등의 시집 영향을 받았다는 것이 이미 도이 고치(土居光知)의 『고대전설과 문학(古代伝説と文学)』(岩波書店, 1960년 7월) 등에 의해 지적되고 있기 때문이다. 예를 들어 "제 집 문의 발을 움직이며(我が屋戸の 簾動かし)"와 같은 표현은 누카타노오키미의 직접적인 체험에 의한 것이라기보다는 『문선』에 나와 있는 표현의 번안이라는 것이다. 결국 세련된 작풍 등을 고려했을 때, 역시 이 작품은 누카타노오키미의 실제작이라기보다는 후대 사람들에 의해서 만들어진 것으로 보는 것이 타당할 것이다.

권11 · 2613, 작자 미상

한국어역

저녁 점(夕占)에도 점쟁이 점괘에도 온다는

오늘 밤조차도 오시지 않는 당신을

언제가 되면 오신다고 믿으며 기다려야 합니까

일본의 고대에는 저녁 무렵 네거리에서 오가는 사람들에게 물어 길흉을 점치는 것이 있었다. 그것을 '저녁 점(夕占)'이라고 한다. 그런데 이 작품에서 작가는 사랑하는 사람이 오늘밤 오는지의 여부를 점쳤던 것이다. 그랬더니 온다는 점괘가 나왔다. 하지만 점괘와는 달리 그이는 끝내 오지 않았다. 오늘 초저녁의 밀회를 가슴 두근거리면서 기다리고 있었는데 그 기대는 허무하게도 무너졌던 것이다. 어찌할 바를 모르는 여심(女心)이 느껴진다.

夕占にも 占にも告れる 今夜だに 来まさぬ君を 何時
とか待たむ

夕卜爾毛 占爾毛告有 今夜谷 不来君乎 何時将待(353)

권10 · 2240, 작자 미상

한국어역 "누구예요 저 사람은"하고 저에게 묻지 말아주세요

9월의 이슬을 맞으면서

임을 기다리고 있는 저이기에

　이 작품은 마치 제3자에게 말을 거는 듯한 형태를 취하고 있지만 사실은 그렇지 않다. 혹시라도 어떤 사람이 이슬을 맞으면서 사랑하는 이를 기다리고 있는 나를 보고 있다고 하더라도, 그런 나를 못 본 척 해주기를 바라는 심정을 읊은 것이다.

　앞으로 다룰 다음과 같은 몇몇 작품은 이번 노래와 같이 이슬을 매개로 하여 만들어진 작품이다.

한자 가나 혼합문 誰そ彼と　我をな問ひそ　九月の　露に濡れつつ　君待つ 我を

원문 誰彼　我莫問　九月　露沾乍　君待吾(322)

권10 · 2252, 작자 미상

가을 싸리가 지는 들판의

저녁 이슬에 젖으면서 오세요

밤은 깊어졌어도

저녁 무렵 아무리 기다려도 남자는 오지 않는다. 이슬에 젖는 것이
싫어서였을까? 현대를 사는 우리들도 특별한 경우를 제외하고는 이슬
맞는 것을 즐기는 사람은 드물 것이다. 마찬가지로 고대 일본인도
옷이 젖는 것을 아주 싫어했던 것 같다. 그런데 이 작품에서는 그렇게
싫은 것을 알면서도 상대방이 반드시 찾아와 주기를 바라는 것이다.
그만큼 여자의 심정이 절실했다는 것이다.

한자가나혼합문

秋萩の　咲き散る野辺の　夕露に　濡れつつ来ませ　夜は
更けぬとも

원문

秋芽子之　開散野邊之　暮露爾　沾乍来益　夜者深去鞆

(323)

〈싸리〉

권2 · 107, 오쓰(大津) 왕자

한국어역
산 이슬을 맞으며
당신을 기다려 저는 흠뻑 젖어버렸어요
산 이슬에

이 작품은 오쓰 왕자가 이시카와노 이라쓰메(石川郎女)에게 보낸 노래이다. 그 내용은 이슬을 맞는 것을 싫어하면서도 사랑하는 사람을 기다리고 있다는 것이다. 그런데 여기서의 야외란, 여자의 집 근처에 있는 숲일 것이다. 이런 상황을 고려해 보면 두 사람은 부모에게 허락을 받지 못한 관계였던 것 같다.

이 노래에는 "산 이슬(山のしづく)"과 같이 반복되는 표현이 있는데 내용이 단순하지만 오히려 그런 반복 때문에 이 작품에 친근감이 느껴진다.

한자
가나
혼합문

あしひきの　山のしづくに　妹待つと　我立ち濡れぬ　山のしづくに

원문

足日木乃　山之四付二　妹待跡　吾立所沾　山之四附二

(66)

〈오쓰 왕자상〉

권2·108, 이시카와노 이라쓰메

한국어역 나를 기다리느라고 당신이 젖으셨다고 말씀하시는

그 산 이슬이

될 수 있었다면 좋았을 것을

이 노래는 바로 앞의 노래인 권2·107번 노래에 대한 이시카와노 이라쓰메의 답가로, "나를 기다리느라고(我を待つと)…"라는 표현에 상대를 생각하는 애틋한 심정이 드러난다. 독자 가운데 지금 연애를 하는 사람이라면 이와 같은 표현을 언젠가 유용하게 쓸 수 있을지도 모른다.

한자가나 혼합문

我を待つと　君が濡れけむ　あしひきの　山のしづくに
ならましものを

원문

吾乎待跡　君之沾計武　足日木能　山之四附二　成益物
乎(66)

권8・1659, 오사다노 히로쓰(他田広津)

훌륭한 노송나무(真木) 위에 내려 쌓여 있는 눈과 같이
더욱더 그리워집니다
밤에는 와주세요 당신

이 작품은 오사다노 히로쓰의 노래로, 발걸음이 뜸해진 남자의 방문을 재촉하는 노래다. 이 작품에는 눈에 빗대어 그리움이 점점 더해져가는 심정을 강조하고 있다. 이와 같이 눈, 비, 구름, 파도 등의 자연현상 등에 빗대어 상대방을 그리워하는 마음을 강하게 드러내는 것은 당시의 상투적인 수법이었다. 이 작품도 그 연장선에 있다고 보면 된다.

그런데 이 작품을 살리고 있는 것은, 제4구인 "그리워집니다(思ほゆるかも)"에서 끊어서 자신의 심정을 표현하고, 마지막 구인 "밤에는 와주세요 당신(さ夜間へ我が背)"에서 상대에게 강하게 호소한 점이다. 신선하다.

한자 가나 혼합문

真木の上に　降に置ける雪の　しくしくも　思ほゆるかも

さ夜問へ我が背

원문

真木乃於爾　零置有雪乃　敷布毛　所念可聞　佐夜問吾

背(267)

권11 · 2776, 작자 미상

한국어역 길가 풀을 겨울의 들판처럼

밟아 말려가면서 제가 기다리고 있다고

그 처녀에게 알려주세요

이 작품은 "제가 기다리고 있다고 그 처녀에게 알려주세요(我立ち待つと 妹に告げこそ)"에서 알 수 있듯이, 누군가에게 전언을 부탁하는 형태로 자기 심정을 호소하는 노래이다.

작자는 아마도 상대방의 부모에게 허락받지 못한 남자로서 여자 집 근처의 숲 같은 곳에서 그녀를 기다리고 있는 것 같다.

한자 가나 혼합문

道の辺の　草を冬野に　踏み枯らし　我立ち待つと　妹に
告げこそ

원문

道邊　草冬野丹　履干　吾立待跡　妹告乞(364)

권12 · 3002, 작자 미상

산에서 떠오르는
달을 기다리고 있다고 사람들에게는 말하고서
그 처녀를 기다리고 있는 나입니다

"달을 기다리고 있다고 사람들에게는 말하고서(月待つと 人には言ひ
て)"에서 알 수 있듯이, 이 작품에서 남자는 밖에서 여자를 기다리고
있다. 야외에서 만날 것을 약속했던 것 같다. 이 노래에서 남자는 남의
눈을 의식해서인지 사랑하는 사람을 기다리고 있으면서 달을 기다린다
고 말한다. 수줍음을 많이 타는 사람인가 보다. 그런데 상대방은 왔을
까?

한자 가나 혼합문

あしひきの　山より出づる　月待つと　人には言ひて　妹

待つ我を

원문　足日木乃　従山出流　月待登　人爾波言而　妹待吾乎(381)

권11 · 2667, 작자 미상

한국어역 양 소매로 잠자리를 털고 닦아
그 사람을 기다리고 있는 동안에
달이 기울고 말았다

이 작품에는 상대방을 기다리면서 잠자리를 준비하는 모습이 선명하게 나타나 있다. 즉, "양 소매로 잠자리를 털고 닦아(ま袖もち 床打ち払ひ)"가 바로 잠자리를 준비하는 모습이다. 하지만 가련하게도 그런 행위는 현실에서의 부부관계를 의미하는 것이 아니라, 자신의 소원을 성취하도록 하는 주술 행위였던 것 같다.

결국 권11 · 2667번 노래는 사랑하는 사람은 오지 않은 채, 달이 기울어버렸다는 사실만을 말하지만, 오히려 그런 표현에 의해 여자의 깊은 감회가 잘 나타나 있다. "달이 기울고 말았다(月傾きぬ)"에 여자의 만감이 교차한다.

그런데 "양 소매로 잠자리를 털고 닦아(ま袖もち 床打ち払ひ)"와 관련된 주술 행위는 다음 작품인 권13 · 3280번 노래가 잘 보여준다.

ま袖もち　床打ち払ひ　君待つと　居りし間に　月傾きぬ

真袖持　床打払　君待跡　居之間爾　月傾(357)

권13 · 3280, 작자 미상

사랑스런 남편은 기다려도 오시지 않습니다

하늘을 저 멀리 바라보니

밤도 많이 깊었습니다

밤늦게 폭풍이 부니

멈춰 서서 기다리는 저의 소매에

내리는 눈은 얼어붙고 말았습니다

이제 새삼스럽게 당신이 오실까

나중에 만나자고

달래는 마음을 지니고

양 소매로 마루를 털고 닦아

현실에서는 당신을 만나지 못하지만

꿈에서나마 만나게 모습을 보여주세요

며칠 밤이나 계속

이 작품은 남자가 오기를 기다리는 여자의 노래로, 실제로 만나는 것을 포기하고 꿈에서라도 만나고 싶다고 읊고 있다.

한자가나혼합문

我が背子は　待てど来まさず　天の原　振り放け見れば
ぬばたまの　夜も更けにけり　さ夜更けて　あらしの吹け
ば　立ち待てる　我が衣手に　降る雪は　凍り渡りぬ　今更
に　君来まさめや　さな葛　後も逢はむと　慰むる　心を持
ちて　ま袖もち　床打ち払ひ　現には　君には逢はず　夢に
だに　逢ふと見えこそ　天の足る夜を

원문

妾背児者　雖待来不益　天原　振左気見者　黒玉之　夜毛
深去来　左夜深而　荒風乃吹者　立待留　吾袖爾　零雪者
凍渡奴　今更　公来座哉　左奈葛　後毛相得　名草武類
心乎持而　二袖持　床打払　卯管庭　君爾波不相　夢谷
相跡所見社　天之足夜乎(410)

권10 · 1917, 작자 미상

한국어역 봄비에 옷은 젖는 것입니까

7일간 줄곧 온다면

7일간 줄곧 오지 않을 작정입니까

이 작품은 봄비를 구실로 자신에게 오지 않는 남자를 질책하는 여자의 노래다. 당당하면서 직접적인 표현이 매력적이지 않은가! 당신은 봄비가 내렸기 때문에 오시지 못했다고 말씀하시지만 그 정도 비라면 그렇게 옷이 흠뻑 젖을 정도는 아닐 것입니다. 그렇다면 만약 비가 7일간 계속 내린다고 하면 7일간이나 오시지 않는다는 것입니까라고 여자는 묻고 있다. 남자의 진심을 간파한 노래다.

한자가나혼합문 春雨に 衣はいたく 通らめや 七日し降らば 七日来じ とや

원문 春雨爾 衣甚 将通哉 七日四零者 七日不来哉(298)

권4・527, 오토모노사카노우에노 이라쓰메

오겠노라 하여도 오시지 않는 때가 있는 것을

오지 않는다고 하시는데 오실 거라고 여겨 기다리는

따위는 하지 않을 것이다

오지 않는다고 하는데

남녀가 헤어지는 것은 여자가 끝내야 실현된다는 말이 있다. 이
작품은 그와 같은 말을 떠올리게 하는 노래이다.

이 작품은 '오다(来)'라는 말을 반복한 언어유희의 노래이다. 마음
속으로는 이젠 "오실 거다(来む)"라는 기다리는 심정이 있지만, 또 한편
으로는 자포자기의 심정도 있다. 더 이상 기다릴 수 없다는 것이다.
여자의 심정 전환이 명확히 나타나 있다.

덧붙여 같은 말을 반복하면서 언어유희를 하는 작품으로는 다음과
같은 것들이 있다.

来むと言ふも　来ぬ時あるを　来じと言ふを　来むとは待たじ　来じと言ふものを

将来云毛　不来時有乎　不来云乎　将来常者不待　不来云物乎(128)

권1 · 27, 덴무 천황

옛날 군자가 좋은 곳이라 해서 자주 보고
좋다고 한 이 요시노(吉野)를 잘 보자
지금의 군자여 잘 보는 것이 좋다

이 작품은 덴무 천황이 나라현 남부에 있는 요시노에 갔었을 때의 노래이다. 여기서 '요(よ)'의 동음 반복이 매우 흥미롭다. 그 음을 무려 9번이나 사용하고 있다.

이 노래는 요시노를 잘 보라는 것에 초점이 맞추어져 있다. 그런데 고대 일본에서 '보다(見る)'에는 단순히 보는 것도 있었지만 하나의 의식인 경우도 있었다. 여기서의 '보다'는 후자인 것이다.

쓰치하시 유타카(土橋寬)가 『고대가요와 의식의 연구(古代歌謠と儀式の研究)』(岩波書店, 1965년 12월)에서 이미 지적했듯이, 의식으로서의 '보다'는 자연의 생명력에 접해 몸과 마음의 재생을 꾀하고자 했던 고대의 주술적 신앙이었다.

한자 가나 혼합문

よき人の　よしとよく見て　よしと言ひし　吉野よく見よ
よき人よく見

원문

淑人乃　良跡吉見而　好常言師　芳野吉見与　良人四来
三(51)

〈덴무천황 무덤〉

권10 · 2323, 작자 미상

한국어역

내 애인을 지금일까 지금일까 마음 졸이며 기다리다
밖에 나가 보니 눈(沫雪)이 내리고 있다
뜰에도 희미하게

고대 일본의 남녀는 눈 구경을 매우 즐겼다. 당시의 도읍지인 나라에는 눈이 자주 내리지 않았기 때문이다.

이 작품은 애인을 애타게 기다리다가 무심코 밖에 뛰어나갔더니 눈이 오고 있다는 노래이다. 건물 안에서 우연히 바라본 창문, 그리고 설경이 눈에 들어왔을 때의 감동. 그와 같은 경험은 누구에게나 있을 것이다. 특히 눈의 고장인 홋카이도(北海道)에서 8년 가까이 유학을 했던 필자는 이 작품을 지은 작가의 심정을 잘 알 수 있다.

이 작품에는 남자의 방문을 기다리는 여자가 지금일까 지금일까 하면서 자주 집 밖으로 나가보는 모습이 그려져 있다. 그러나 남자는 오지 않고, 게다가 밤도 되고, 뜰에는 속절없이 서글프게도 쉽게 녹는 눈이 내리고 있는 것이다. "지금일까 지금일까(今か今か)"라는 표현에도 여심이 잘 나타나 있다.

참고로 "지금일까 지금일까(今か今か)"라는 표현을 쓴 것으로는 다음과 같은 작품이 있다.

한자가나혼합문

我が背子を　今か今かと　出で見れば　沫雪降れり　庭も
ほどろに

원문

吾背子乎　且今〃〃　出見者　沫雪零有　庭毛保杼呂爾

(328)

권12 · 2864, 작자 미상

그리운 사람을 지금일까 지금일까 마음 졸이며
기다리고 있는 동안에 밤이 깊었기에
무심결에 한숨을 쉬었다

한자가나혼합문 我が背子を　今か今かと　待ち居るに　夜の更けぬれば

嘆きつるかも

원문 吾背子乎　且今〃〃跡　待居爾　夜更深去者　嘆鶴鴨(372)

권20 · 4311, 오토모노 야카모치

한국어역 가을바람을 맞으면서 지금일까 지금일까 마음 졸이
며 기다리면서

지금 오실까 하며 끈을 풀고 마음속으로 기다리고
있는 동안에

달은 기울어버렸다

그런데 고대 일본 열도에서는 사랑하는 사람을 만나고 싶다고 간절
히 생각하면 눈썹이 가려워진다는 속신(俗信)이 있었다. 그러기에 그것
을 애인이 오는 전조라고도 받아들였던 것이다. 때문에 눈썹이 가려워
지면 애인이 오는 것은 아닐까 하고 기대했던 것이다.

그러면 애인을 더 이상 기다릴 수 없는 여성은 어떻게 했을까?
그때는 자기 자신이 자신의 눈썹을 긁었던 것이다. 가렵지 않더라도
자기 눈썹을 긁으면 애인이 오지 않을까 하고 생각했던 것이다.

한자 가나 혼합문

秋風に　今か今かと　紐解きて　うら待ち居るに　月傾きぬ

원문

秋風爾　伊麻香伊麻可等　比母等伎弖　宇良麻知乎流爾　月可多夫伎奴(599)

권11 · 2575, 작자 미상

오래도록 만나지 못하는 사랑스런 애인을 만날 수
있도록 하라고
활을 잡는 쪽, 곧 왼쪽의
눈썹을 긁었습니다만 사랑하는 사람은 오지 않습
니다

바로 이 작품에서 여자는 자기의 왼쪽 눈썹을 긁었던 것이다. 오른손
으로 화살을 쥔다고 한다면, 왼손은 활을 잡는 손이 된다. 활을 잡는
쪽에 있는 왼쪽 눈썹을 긁었던 것이다.

일본의 고대 사회에서는 중국의 영향을 받아 오른쪽보다는 왼쪽을
중요시했기에 소중한 사람을 위해 존귀한 왼쪽 눈썹을 긁었던 것이다.
주술 장면의 하나이다. 하지만 애인은 결국 모습을 보이지 않았다.

한자 가나 혼합문

めづらしき　君を見とこそ　左手の　弓取る方の　眉根掻
きつれ

원문

希将見　君乎見常衣　左手之　執弓方之　眉根掻礼(350)

〈화살〉

권6 · 993, 오토모노사카노우에노 이라쓰메

한국어역

달이 그 모습을 드러내고 그 초승달과 같은
눈썹을 그저 긁고 목을 길게 하고 애타게 기다렸던
당신을 겨우 만날 수 있었습니다

고대 일본에서는 중국 문화의 영향을 받아 눈썹을 밀고 그 대신 눈썹을 그리는 것도 유행했던 것 같다. 당시의 일본 여성은 가느다란 눈썹을 동경했던 것이다. 그래서 버드나무와 같은 가느다란 눈썹, 초승달과 같은 눈썹이라는 표현이 『만엽집』에도 보인다.

이 작품의 작가인 오토모노사카노우에노 이라쓰메도 초승달과 같이 그린 눈썹을 하고 있었다. 즉, 이 노래에는 초승달이라면 눈썹, 눈썹을 긁으면 애인이 온다는 속신이 나타나 있다.

한자 가나 혼합문

月立ちて　ただ三日月の　眉根掻き　日長く恋ひし　君に
逢へるかも

원문

月立而　直三日月之　眉根掻　気長恋之　君爾相有鴨(197)

권2 · 85, 이와노히메(磐姫) 황후

한국어역

당신이 여행을 떠난 지 벌써 오랜 시간이 지났습니다

산에게 물어 마중하러 갈까요

그렇지 않으면 지금과 같이 계속해서 기다리기만 할

까요

한자
가
나
혼합문

君が行き 日長くなりぬ 山尋ね 迎へか行かむ 待ちに

か待たむ

원문

君之行 気長成奴 山多都祢 迎加将行 待爾可将待(62)

〈이와노히메 무덤〉

『고사기(古事記)』(712년)와 『일본서기(日本書紀)』(720년)에 나오는 이와노히메 황후는 질투와 분노의 화신과 같은 존재이다. 예를 들어 『고사기』는 그 모습을 다음과 같이 전한다.

닌토쿠(仁德) 천황의 황후인 이와노히메는 질투가 심했다. 그러기에 그는 천황의 다른 아내들이 궁중에 가까이 가는 것조차 허용하지 않았다. 다른 여자에 관한 것이 화제가 될라치면 발을 동동 구르며 질투했다.

　마지막 문장인 "발을 동동 구르며"의 원문은 "족모아하가이(足母阿
賀迦迩)"로, "아시모아가카니(足もあがかに)"로 읽는다. 이것은 '발버둥
질치다'로, 격심하게 다리를 움직이는 것이다. 말하자면 분할 때 하는
'발버둥질'로, 노여움을 표현하는 동작이기도 하다. '발을 동동 구르며
분해하다'라는 것이다. 즉, 고대인도 지금의 우리들과 같이 분할 때에는
발버둥질을 했던 것이다.

　그러나 『만엽집』의 이와노히메 황후는 다르다. 그는 남편의 귀가를
애절할 정도로 기다리는 여자이다. 그것을 잘 보여주고 있는 것이
다음과 같은 작품이다.

권2 · 86, 이와노히메 황후

한국어역 이 정도로 줄곧 그리워만 한다면
높은 산의 바위를 베개로 하여
차라리 죽는 편이 낫겠다

앞에서도 언급했듯이 고대 일본 사회에서는 남자가 여자의 처소를 방문하는 결혼 형태(妻訪い婚)가 일반적이었다. 이와 같은 결혼생활의 형태에서 여자가 남자를 기다리는 것을 노래하는 문학이 발생했던 것이다.

이 노래에서 이와노히메 황후는 죽을 정도로 상대방을 그리워한다고 고백한다. 애절한 여심이 느껴진다. 그 기개가 부럽다. 단, 이와 같은 발상은 닌토쿠 천황 시대의 것이라고는 보기 어렵다.

다음 작품도 이와노히메 황후의 노래다.

한자
가나
혼합문 　かくばかり　恋ひつつあらずは　高山の　岩根しまきて

死なましものを

원문 　如此許　恋乍不有者　高山之　磐根四巻手　死奈麻死物

呼(62)

권2 · 87, 이와노히메 황후

한국어역 오래 살아서 당신을 쭉 기다리겠습니다!
나부끼는 내 검은 머리에
서리가 내린다고 해도

한자가나 혼합문

ありつつも　君をば待たむ　うちなびく　我が黒髪に　霜
の置くまでに

원문

在管裳　君乎者将待　打靡　吾黒髪爾　霜乃置萬代日(62)

이 작품은 제16대 천황인 닌토쿠 천황의 황후인 이와노히메가, 여행
(旅)을 떠난 후 오랫동안 돌아오지 않는 천황을 그리워하면서 읊은
노래이다.

사랑가에는 보통 격심한 감정을 읊은 것과 차분한 감정을 읊은 것이
있는데, 이 작품은 후자에 속한다.

이 작품은 내 검은 머리에 서리가 내려도 기다리겠다는 노래인데,
두 가지 해석이 가능하다. 하나는 아침까지 기다리는 바람에 설사
머리에 서리가 내린다고 해도 쭉 기다리겠다는 뜻이고, 또 다른 해석은

이 나의 검은 머리가 흰머리가 된다고 해도 줄곧 기다리겠다는 뜻이다.

　결국 '하룻밤'과 '일생'이라는 두 시간이 이 노래의 내부에 담겨져 있는 것이다. '히토요(ヒトヨ)'는 '하룻밤(一夜)'이기도 하고, '일생(一代)'이기도 한 것이다. 기다리는 여자로서는 하룻밤을 일생이라고도 느낄 수 있을 것이다. 그것은 하룻밤이기도 하면서 그대로 일생인 것이다. 어느 쪽으로 해석한다고 하더라도 여자의 정념과 같은 것을 느끼게 하는 노래이다.

권2 · 89, 고가집(古歌集)에서

밤새도록 당신을 기다리겠습니다

저의 검은 머리에

설령 서리가 내린다고 해도

이 작품도 또한 바로 앞의 작품과 같이 이와노히메가, 여행을 떠난 후 오랫동안 돌아오지 않는 닌토쿠 천황을 그리워하면서 읊은 노래이다. 남자의 방문을 기다리는 여자의 노래로, 검은 머리에 서리가 내린다고 하더라도 나는 계속 그 사람을 기다린다는 의미이다.

居明かして　君をば待たむ　ぬばたまの　我が黒髪に　霜
は降るとも

居明而　君乎者将待　奴婆珠能　吾黒髪爾　霜者零騰文

(62)

권13 · 3277, 작자 미상

한국어역 자지도 않고 내가 그리워하고 있는 당신은
대체 어느 근처에서 오늘밤 누구와 함께 계시는 것일
까
아무리 기다려도 오시질 않네

이 작품은 남편을 애타게 기다리는 아내의 노래이다. 신혼 초에
신부가 신랑을 기다리는 듯한 애틋한 심성을 읽을 수 있다. 그날 밤
남자는 기다리는 여자의 집에 돌아왔을까?

한자
가나
혼합문

眠も寝ずに　我が思ふ君は　いづく辺に　今夜誰とか　待
てど来まさね

원문

眠不睡　吾思君者　何処邊　今夜誰与可　雖待不来(409)

다섯. **파경**

우리나라의 이혼율이 세계적이라고 한다. 그래서 '이혼' 문제를 테마로 한 <사랑과 전쟁>이라는 TV 프로그램이 적지 않은 시청률을 확보하고 있는 것일까?

현대를 사는 우리들은 이혼장에 도장을 찍고, 재산 분할과 육아 문제를 해결한 후, 공식적으로 헤어진다. 그렇다면 고대 일본 열도에 살았던 사람들은 사랑하는 사람과 헤어질 때 어떤 행동을 취했을까?

권15 · 3751, 작자 미상(처녀)

한국어역

내 속옷을
잃어버리지 말고 간직해 주세요
다시 직접 만날 때까지

　　고대 일본에는 사랑하는 남자에게 여자가 속옷을 보내는 풍습이
있었다. 그것을 잘 보여주는 것이 바로 이 노래이다. 그런데 남자가
변심할 경우, 남자는 여자에게서 받은 속옷을 되돌려주었다. 다시 말해
서 상대방 남자에게 준 속옷이 자신에게 돌아왔을 때 그것을 여자는
파경으로 해석했던 것이다. 이와 같은 속사정을 다음과 같은 작품은
잘 보여준다.

한자가나혼합문

白たへの　我が下衣　失はず　持てれ我が背子　直に逢ふ
までに

원문

之呂多倍能　安我之多其呂母　宇思奈波受　毛弖礼和我
世故　多太爾安布麻伝爾(483)

권16 · 3809, 작자 미상

한국어역 산 물건을 불량품도 아닌데 제멋대로 계약을 깨고
되돌려줘도 좋다는 법률이

이 천자(天子)의 나라에 있다고 한다면 제가 당신에게
주었던 속옷(下衣)은

반송되어도 좋을 것입니다 하지만 어디 그런 법률이
있던가요?

어느 때 천황으로부터 총애를 받고 있었던 처녀가
있었다. 단, 그의 성과 이름은 모른다. 그녀에 대한
총애가 식은 후, 천황이 처녀에게서 받은 선물(일반
적으로 상대방의 모습을 추억하는 '기념물 · 유품<かた
み>')을 되돌려주셨다. 이에 처녀는 원망하여 이 노
래를 지어 천황에 헌상했다고 한다.

한자 가나 혼합문

商返し　許せとの御法　あらばこそ　我が下衣　返し賜は
め

　右、伝えて云はく、時に幸びられし娘子あり　姓名未詳
なり。寵の薄れたる後に、寄物　俗にかたみといふ　を還
し賜ふ。ここに娘子怨恨みて、聊かにこの歌を作りて
献上る、といふ。

원문

商変　領為跡之御法　有者許曾　吾下衣　反賜米

　右伝云　時有所幸娘子也　姓名未詳　寵薄之後還賜寄物
俗云可多美　於是娘子怨恨　聊作斯歌献上(493)

이 작품에서 천황은 여자에게서 받은 속옷을 되돌려주었다. 결국 천황이 이별을 고한 것이다.

그런데 이 노래에서는 남녀관계의 해소를 상거래의 위법에 준한다고 비난한 것이 재미있다. 즉, 대상이 천황인 만큼 법률에 의거하여 반격을 가하는 것이다. 천황의 말은 고대에서는 법률로써의 효력을 가지고 있다고 생각되었기에, "산 물건을 불량품도 아닌데 제멋대로 계약을 깨고 되돌려줘도 좋다는 법률이 이 천자의 나라에 있다고 한다면(商返し 許せとの御法 あらばこそ)"하는 처녀의 말이 효과가 있는 것이다.

한편 다음 작품도 주목된다.

〈미인도〉

권16 · 3810, 작자 미상

한국어역

맛있는 찐밥으로 빚어 술을 만들어
제가 기다렸던 보람은 참으로 없구나
(제가 기다리던) 당신이 몸소 오지 않았기에

위의 노래는 전해내려 오기를 "옛날 한 여자가 있었
다. 그 남편과 이별하여 그를 그리워하면서 몇 해가
지나갔다. 그때 남편은 새로이 딴 여자를 아내로
삼고 그 자신은 오지 않은 채 다만 선물만 보내왔다.
그래서 여자는 이 원한의 노래를 지어 보냈다"고
한다.

한자 가나 혼합문

味飯を　水に醸みなし　我が待ちし　かひはかつてなし
直にしあらねば

右、伝へて云はく、昔娘子あり、その夫を相別れて、
望み恋ひて年を経たり。その時、夫君更に他妻を取
り、正身は来ずて、ただ裳物のみ贈る。これに因り
て、娘子はこの恨むる歌を作りて、これに還し酬ふ、
といふ。

원문

味飯乎　水爾釀成　吾待之　代者曾无　直爾之不有者

右伝云　昔有娘子也　相別其夫望恋経年　爾時夫君更取
他妻正身不来徒贈裳物　因此娘子作此恨歌還酬之也

(493～494)

이 작품에서는 "이별하여(相別れて)"와 "선물(裵物)"이 키워드이다.
"이별하여(相別れて)"라는 표현에서 남편이 관의 명령 등으로 인해 근
무지로 떠났던 사정을 알 수 있다. 아내는 집에 혼자 남게 되었던
것이다.

그런데 "선물(裵物)"의 본래의 뜻은 여행지에서 본 진귀한 것을 같이
공유하고자 하는 애정의 표시이다. 하지만 "새로이 딴 여자를 아내로
삼고 그 자신은 오지(更に他妻を取り、正身は来)" 않는 상황에서는, 선
물이란 거꾸로 극히 형식적인 것이 되고 마는 것이다.

　한편 남자가 변심했을 때 여자가 한 맺힌 노래를 불러 응답하는
것은 인지상정이다. 그 응전이 "맛있는 찐밥으로 빚어 술을 만들어
제가 기다렸던 보람은 참으로 없구나(味飯を 水に釀みなし 我が待ちし
かひはかつてなし)"와 같은 솔직한 표현인 만큼, 남자에게 조금이라도
양심이 있다면 찡하게 가슴에 와 닿았을 것이다.

　"맛있는 찐밥으로 빚어 술을 만들어(味飯を 水に釀みなし)"의 술은
손님의 내방에 대비해서 준비한 술로, 손님을 기다리듯이 아내는 남편
의 귀가를 간절히 기다렸던 것이다.

필자가 본서와 같은 내용을 기획한 것은 일본인과의 연애와 결혼이라는 개인적인 체험이 있었기 때문이다. 그 연애와 결혼을 통해 필자가 알 수 있었던 것은, 바로 '일본문화'였다. 그것도 아주 생생한 일본문화였던 것이다. 그것을 개인적인 감상 등을 섞어가며 학문적으로 써 보려고 했던 것이 본서이다.

　본서는 '사랑'을 키워드로 하여 일본문화를 역사적으로 살펴보려고 한 것으로, 그 분석 대상은 일본에서 가장 오래된 시가집인『만엽집』이었다. 다시 말해 문헌 자료인『만엽집』을 통해 고대 일본열도에 살았던 남녀의 사랑을 '만남-짝사랑-동침-기다림-파경'으로 나누어서 고찰해 보았다.

　각 각의 장에서 알 수 있었던 것은, 남녀의 공동예술인 사랑의 모습은 결국 동서고금을 초월한 보편적인 것이라는 사실이었다. 동시에 고대 일본인들이 어디서 이성을 만나, 어떻게 작업을 하고, 어디서 같이 잤으며, 어떤 심정으로 상대방을 기다리다가,

어떤 식으로 헤어지는가를 구체적으로 살펴볼 수 있었다. 곧 문화의 역사성과 다양성을 음미할 수 있었다. 그런 의미에서 본서는 고대 일본인의 '사랑의 문화사'라고도 부를 수 있을 것이다. 또한 이와 같은 고찰은 상대문화가 많이 남아 있지 않은 우리 문화를 연구하는 데에도 좋은 참고 자료가 될 수 있을 거라고 생각한다.

본서에서는 '사랑'이라는 테마로써 인류 문화의 보편성과 특수성을 고찰해 보았는데, 이와 같은 현상은 '죽음'을 테마로 한 작품을 통해서도 살펴볼 수 있을 것이다. 다음 기회에는 이 '죽음'을 통해 인류 문화의 보편과 특수의 문제를 다루고자 한다.

『만엽집』의 한국어 완역을 기대하며

1. 들어가면서

영미문학번역연구회 번역평가사업단이 지은 『영미명작, 좋은 번역을 찾아서』(창비, 2005년 5월)와 교수신문이 엮은 『최고의 고전 번역을 찾아서』시리즈[1]는 우리나라에 본격적인 번역비평의 시대가 시작되었음을 알렸다. 이 작업은 고전 읽기 열풍이 불고 있는 현시점에서 우리말로 옮겨진 동서양의 고전을 비판적으로 검토해 봄과 동시에 앞으로 어떻게 고전을 번역할 것인가를 고민했다는 점에서 시기적절한 시도였다고 평가할 수 있다.

그런데 일본 고전의 경우 위와 같은 번역비평이 아직까지 활발하게 이루어지고 있지 않는 것이 현실이다. **일본학에 관련된 논저도 그렇지만, 일본 고전 번역서에 대한 이렇다 할 반응이 없다는 것은 그 성과를 무시하는 것과 다르지 않다.** 따라서 일본 고전

---

1) 『최고의 고전 번역을 찾아서』생각의 나무, 2006년 7월
　 『최고의 고전 번역을 찾아서 2』생각의 나무, 2007년 4월

번역서를 올바로 평가하는 작업이 요구되는 것이다.

다행스럽게도 앞에서 언급한『최고의 고전 번역을 찾아서』에서 나츠메 소세키(夏目漱石)의『마음(こころ)』과 가와바타 야스나리(川端康成)의『설국(雪国)』이 검토되었다. 하지만 다른 동서양 고전에 비한다면 그 양이 너무 적고 근현대문학작품에 한정됐다. 물론 교수신문의 작업이 완결된 것이 아니기에 앞으로 좀 더 많은 일본 고전 번역서에 대한 번역비평이 이루어지리라 기대된다.

그런데 여기서 일본의 고전, 특히 상대의 작품으로 눈을 돌려보자. 상대라고 하면 우선『고사기(古事記)』·『일본서기(日本書紀)』·『만엽집(万葉集)』등이 떠오른다. 이 가운데『고사기』는 노성환[2], 권오엽[3]에 의해,『일본서기』는 전용신[4], 김난주[5]에 의해 각각 한국어로 완역되었다.[6] 그러나『만엽집』은 아직 우리말로 완역이 되어 있지 않다.

우리가 가지고 있는 것은 고(故) 김사엽(金思燁 : 1912년~1992년) 선생이『만엽집』20권 가운데 권1~권16까지 우리말로 번역

2) 노성환『일본 고사기』(상·중·하), 예전사, 1987년 12월(1994년 4월, 1999년 4월)
3) 권오엽『고사기』(상·중·하), 고즈윈, 2007년 3월
4) 전용신『일본서기』일지사, 1997년 3월
5) 김난주『겐지이야기』한길사, 2007년 1월
6) 단, 이들 번역서에 대한 번역비평은 다음 기회로 미룬다.

한『한역 만엽집(万葉集) 고대일본가집』(成甲書房, 제1권 1984년 8월, 제2권 1985년 12월, 제3권 1987년 11월, 제4권 1991년 8월)과 그의 사후에 나온『한역 만엽집』의 미완성 유고인『김사엽전집』 제12번(박이정, 2004년 3월)이 있을 뿐이다. 후자는『만엽집』권 17~권20에 실린 작품 가운데 몇 수(首)를 발췌하여 번역한 것이다.

한편 김사엽의 완역 시도를 제외하고 나면,『만엽집』의 한국어 역은 발췌 번역이라는 형태로 이루어졌다. 그렇다고는 하지만 최근에 나온 것으로는 구정호『만요슈—고대일본을 읽는 백과사 전』(살림, 2005년 5월)과 본서인『일본인의 사랑의 문화사—만엽 집』정도이다. (필자가 조사한 바로는 우리나라에서『만엽집』을 최초로 번역한 사람은 안서 김억이다. 그는『만엽집』의 발췌 번역인「만엽집 초역<万葉集鈔訳>」을 1943년 7월 28일부터 31일까지 매일신보에 실었다. 여기에는 총 60수의 노래가 우리말로 번역되어 있다. 단, 이글에 서는「만엽집 초역」에 대한 분석은 생략한다.)

따라서 이 책에서는『만엽집』번역의 현주소를 크게 텍스트와 주석으로 나누어서 검토해 보겠다. 그리고『만엽집』을 앞으로 어떻게 번역해야 하는가에 대해서도 제안하고자 한다.

2. 『한역 만엽집』과 『김사엽전집』(제12번)

2-1. 텍스트 분석

김사엽은 『한역 만엽집』에서 무엇을 텍스트(=번역 대본)로 삼았는지 밝히지 않는다. 한편 그는 『김사엽전집』(제12번)에서는 나카니시 스스무(中西進)의 『만엽집(万葉集)』(講談社. 1978년 8월 제1쇄, 1995년 5월 제23쇄)을 텍스트로 사용했다고 말한다.

『만엽집』과 같이 원본이 현존하지 않고 수많은 사본과 판본 및 주석서가 있는 작품의 경우는 어떤 것을 텍스트로 정했는지에 따라 그 번역이 달라질 수 있다. 따라서 한국어로 고칠 때에 참고한 텍스트를 명시하는 것은 번역자의 의무이자 책무이다. 또한 번역을 할 때에는 그 텍스트를 혼용하지 않는 것이 원칙이다. 그럼에도 불구하고 김사엽은 『만엽집』을 우리말로 옮길 때 이 두 가지 대원칙을 지키지 않았다.[7]

---

7) 필자는 제32회 동아시아고대학회 학술발표대회(2007년 12월 26일~27일, 단국대학교 죽전캠퍼스)에서 발표논문인 '『한역 만엽집(万葉集)』의 텍스트 분석'을 통해 김사엽이 『한역 만엽집』을 우리말로 옮길 때 다카기 이치노스케(高木市之助)·고미 토모히데(五味智英)·오노 스스무(大野晋)의 『일본고전문학대계 만엽집(日本古典文学大系 万葉集)』(岩波書店, 1957년~1962년)을 텍스트로 했다고 추정했다.

2-2. 주석 분석

한편 그는 『만엽집』을 번역하면서 다음과 같은 점에 유의했다고 말한다. 좀 길지만 인용해 보겠다.

萬葉노래를 우리말로 옮기는데 있어서 譯者는 특히 다음 몇가지 点에 있어서 留意하였음을 밝혀둔다.

첫째, 上記한 바와 같이 많은 日人學者가 訓讀과 注釋을 하였거니와, 노래 가운데는 難解하여 아직 解讀 못한 노래도 몇首 있고, 또 解讀한 것도 異說이 많아 擇一하기가 곤란한 노래도 많다. 그리고 從來의 注釋에는 故意 또는 無識으로 인하여 우리 側의 古語나 習俗등을 考慮하지 않고 解讀하였음으로 筆者는 이에 着目하여 우리立場에서 본 筆者의 見解도 없지 않다. 그래서 번역에는 日本學者들 見解 中에서 가장 妥當하다고 認定되는 說을 取하면서 異說은 參考로 注記하였다.

둘째, 어디까지나 노래이므로 우리말로 옮기는데도 노래답게 하기 위하여 노래形式으로 하였거니와, 原歌는 五・七調가 基本音數이며 이 音數로 옮길 경우 우리나라사람이 읽으면 違和感을 읽(원문대로, 인용자)으키게 됨으로, 우리노래의 傳統的 基本音數인 三(四)・三(四)에 쫓아서 이룩하였다.

셋째, 노래의 用語는 理解와 鑑賞에 便宜하도록 現代語로 하였다. 그러면서 될수 있는대로 今日的用語를 피하여, 固有語表現을 하고자 하였는데 朝鮮語의 用語도 간간이 混入하여 古典的인 風韻을 多少나마 풍기고자 하였다(가령, 山=뫼, 川=가람, 世上

=누리, 神=검님 등)[8]

그리고 『한역 만엽집』에서 그 체제를 "訓讀(日文), 原文, 譯(한글), 注釋" 순으로 짜고 있다.

그런데 여기서 문제가 되는 것은 그가 '주석'을 달 때 자신의 주석인 '1차 해설'을 하지 않고 다른 연구자의 주석인 '2차 해설'을 했음에 불구하고 그 참고문헌을 전혀 밝히지 않고 있다는 것이다.

3. 『만요슈－고대일본을 읽는 백과사전』

3-1. 텍스트 분석

구정호의 『만요슈-고대일본을 읽는 백과사전』은 모두 3부로 구성되어 있다. 제1부에서는 '시대 · 작가 · 사상'을, 제2부에서는 '본문'을, 제3부에서는 '관련서 및 연보'를 다루었다. 이 가운데 『만엽집』의 노래(歌)를 취급한 것은 제2부이다. 그 첫머리에서 그는 "1부에서 언급한 사항과 관련 있는 와카를 권순(券順)으로 수록했다."[9]고 적고 있다. 다시 말해서 제1부가 '1장 『만요슈』와

---

8) 김사엽 『韓訳 万葉集1 古代日本歌集』成甲書房, 1984년 8월, 3~4쪽.

의 만남', '2장 『만요슈』의 편찬과 시대 배경', '만대에 이어지는 노래', '『만요슈』편찬, 그로부터 천이백 년'으로 짜여 있음으로, 이런 내용에 관련된 작품을 제2부에 실었다는 것이다. 따라서 우리들은 이 언급을 통해 제2부에 실린 노래들의 '발췌 기준'을 알 수 있다.

그런데 여기서 한 가지 아쉬운 점이 있다. 즉, 그가 어떤 것을 텍스트로 해서 제2부에 실린 노래를 우리말로 번역했는지에 대해 명시하고 있지 않은 점이다. 그 문제점은 어쩌면 이 책의 저술 방침에서 비롯되었을 수도 있는데, 그것을 암시하는 것이 바로 이 저서의 '들어가는 글'에 나와 있는 다음과 같은 기술이다.

고전 문학을 일반 독자들에게 이해시키기 위해서는 어떠한 자세로 집필에 임하여야 할까? 필자 개인적으로는 '쉽고, 재미있고, 그리고 깊게' 라는 3원칙을 집필자세로 삼아야 한다고 생각한다. 아무리 어려운 고전이라도 쉽게 설명되어야 하고, 물론 재미있어야 하며, 앞의 두 원칙을 지킬 때, 자칫 조홀하기 쉬운 학문적인 수준이나 사고의 폭을 깊게 할 수 있는 책이 저술될 때, 비로소 독자들과 고전이 친해질 수 있을 것이다.

이번 살림출판사의 e시대의 절대사상 『만요슈』간행에 있어

---

9) 구정호 『만요슈-고대일본을 읽는 백과사전』살림, 2005년 5월, 173쪽.

필자가 지키고자 노력했던 원칙은 바로 앞서 말한 3원칙이었다. 독자들이 쉽게 친해질 수 있도록 『만요슈』에 관하여 쉽게 쓰고자 노력하였고, 그러면서도 재미있고, 학문적으로도 높은 수준의 책을 써보고자 노력하였다.10)

그래서 그는 번역에 사용된 텍스트를 군이 밝히지 않았는지 모른다. 또한 그런 맥락에서 『만엽집』의 원문도 제시하지 않았다고 판단된다.

그러나 첫째, 그가 말하는 3원칙과 번역에 차용된 텍스트를 밝히는 것은 차원이 다른 문제이지 않을까. 예를 들어 일반 대중을 독자로 한 『만엽집』인 『만엽집－고전 입문(万葉集－ビギナーズ・クラシックス)』(角川書店. 2001년 11월 초판, 2006년 4월 13판)에는 아래와 같이 저자가 무엇을 원문으로 했는지를 밝히고 있다. 그리고 이것이 적어도 일본 학계에서는 일반적이다.

원문은 가도가와문고판 『만엽집』에 의하지만 적당히 표기를 고쳤다(原文は、角川文庫版『万葉集』に拠ったが、適宜表記を改めた。).11)

---

10) 구정호, 앞의 책, 8~9쪽.
11) 角川書店編 『万葉集-ビギナーズ・クラシックス』角川書店, 2006년 4월, 4쪽.

둘째, 그의 책은 『만엽집』을 최근에 발췌 번역했다는 데에 큰 의의가 있다. 그렇다면 역시 『만엽집』의 원문과 한자·가나혼 합문(読み下だし文)을 명시했어야 하지 않았을까. 왜냐하면 그것 이 바로 그가 바라던 '학문적인 수준' 제고와도 연결되기 때문이다.

3-2. 주석 분석

한편 구정호는 제3부에서 작품을 해설할 때,

제목에 해당하는 다이시(題詞)와 주석에 해당하는 좌주(左注)는 와카 위와 아래에 표시했고, 맨 아래에 필자의 간단한 해설을 덧붙였다.[12]

고 적고 있다.

권1의 권두가를 예로 살펴보자.

해설1_『만요슈』의 권두가. 작자는 유랴쿠(雄略)왕. 만요(万葉) 시대의 사람들에게 있어서 유랴쿠는 노래의 영력(靈力)을 완비한 고대국가의 강력한 위정자였다. 왕 자신이 직접 지었다고 보기는 어렵고 후세의 가탁(假託)에 의한 것으로 본다.[13]

---

12) 구정호, 앞의 책, 173쪽.
13) 구정호, 앞의 책, 174쪽.

　요컨대 그는 제2부에서 작품에 대한 '1차 해설'을 주로 하고
있다. 필자가 아쉽게 느끼는 점은 여기에 어구에 대한 '주석'이
없다는 것이다.

　예를 들어 천황이 구릉에서 나물 캐는 처녀에게 "집안을 밝히
시오 이름을 일러주시오(家告らせ 名告らさね)"라고 상대방의 이
름을 묻는 행위는 결국 청혼을 의미했던 것인데, 그것에 대한
주석이 없다.

4. 『일본인의 사랑의 문화사－만엽집』

4-1. 텍스트 분석

　필자[14]는 『만엽집』의 발췌 번역서인 『일본인의 사랑의 문화
사－만엽집』에서, 원문은 즈루 히사시(鶴久)・모리야마 타카시
(森山隆)가 편집한 『만엽집(万葉集)』(おうふう, 1995년 3월 중판)을
사용했다. 그리고 원문을 인용할 때에는 어디서 인용했는지 그

---

14) 『만엽집』에 관해 필자가 쓰거나 번역한 것으로는 다음과 같은 것이
　　있다.
　　『만엽집과 정치성』(제이앤씨, 2004년 9월), 『세계의 고전을 읽는다－동
　　양 문학편1』(휴머니스트, 2005년 12월), 『천년의 연가－만엽집』(제이
　　앤씨, 2006년 3월)

페이지를 명시함으로써 독자가 원문을 검증할 수 있도록 해 놓았
다. 한편 '한자·가나 혼합문'은 고지마 노리유키(小島憲之)·기
노시타 마사토시(木下正俊)·도노 하루유키(東野治之)가 공동으
로 교주(校注)한 『신편일본고전문학전집 만엽집(新編日本古典文
学全集 万葉集)』(小学舘, 1996년 8월)을 차용했다.

4-2. 주석 분석

한편 작품을 해설할 때에는 구정호와 같이 1차 해설을 시도했
다. 또한 어구에 대한 주석은 독립적으로 하지 않고 본문 속에서
풀어서 했다.

예를 들어 좀 전에 언급했지만 "집안을 밝히시오 이름을 일러
주시오"라는 표현에 대해, 고대 일본을 포함한 고대 사회에서는
자신의 이름이나 배우자 혹은 사랑하는 사람의 이름을 함부로
입 밖에 내는 것을 터부로 여겼다고 지적한 후, 천황의 행위가
결국은 청혼을 의미했다고 서술했다. 그리고 사람의 이름을 입
밖에 내는 것이 터부였다는 것을 보여주는 전형적인 작품을 몇
수 예시했다.

그러나 필자의 『일본인의 사랑의 문화사-만엽집』에도 어구
에 대한 상세한 주석이 없었다는 점, 작품을 1차 해설로 했다는

데에 문제가 있었다고 고백하지 않을 수 없다. 최종적으로는 작품에 1차 해설을 하는 것이 바람직하지만, 아직 필자에게는 그런 능력이 충분하지 않았다. 그렇다면 일단 권위 있는 주석서를 번역 대본으로 한 후, 대립되거나 참고할 만한 설을 주장한 다른 주석서와 논저를 인용하면서 주석을 했어야 하지 않았을까. 또한 한국 학계의 연구 성과도 반영했어야 했다. 아쉬움이 남는 대목이다.

5. 나오면서

고 김사엽으로부터 시작된 『만엽집』의 한국어화는 현재진행형이다. 한국어 완역을 시도했던 김사엽의 『한역 만엽집』과 『만엽집』의 발췌 번역을 시도했던 구정호의 『만요슈-고대일본을 읽는 백과사전』은 『만엽집』의 한국어 번역에 있어 귀중한 작업이었다. 그들의 성과와 과제 그리고 필자가 자기 반성했던 문제점들을 고려하면서, 앞으로 『만엽집』의 한국어역이 이루어져야 한다고 생각한다.

『만엽집』의 한국어 완역이 달성될 그날을 기쁜 마음으로 기다린다.

(ㄱ)

가가이(嬥歌) ···································· 33, 34

가스가노 오유 ···························· 42

가원(歌垣) ··································· 33

고사기 ····························· 1, 168, 195

금기(taboo) ································· 17

(ㄴ)

누카타노오키미 ···················· 126, 127

(ㄷ)

다지히노마히토 카사마로 ······················ 110

다카하시노 무시마로 ········ 4, 34, 37, 38, 48, 50, 51

덴무 천황 ···································· 154

(ㅂ)

병꽃나무 꽃 ····························· 64, 65

부부별거제 ··························· 85, 128

(ㅅ)

산쪽풀 ···································· 48, 49

속신(俗信) ································· 160

쇼무 천황 ·································· 46

스와핑 ······································ 33

싸리 ·································· 134, 135

쑥부쟁이 ·································· 24, 25

쓰바시장 ······················ 30, 32, 36, 40

(ㅇ)
야마노우에노 오쿠라 ·································· 4, 74, 75
야마베노 아카히토 ·································· 27, 28
오다노 쓰카후 ·································· 76
오사다노 히로쓰 ·································· 140
오토모노사카노우에노 이라쓰메 ······· 54, 62, 152, 164
오토모노 야카모치 ·································· 108, 109, 160
오토모노 타비토 ·································· 90, 91
유랴쿠 천황 ·································· 3, 17
이와노히메 황후 ························· 168, 169, 170, 172
일본서기 ·································· 1, 168, 195

(ㅈ)
저녁 점(夕占) ·································· 130
주술 ·································· 146, 162
제비꽃 ·································· 28, 29
짝사랑 ·············· 6, 53, 60, 62, 64, 66, 76, 78, 192

(ㅊ)
청혼의 노래 ·································· 17, 36

(ㅎ)
호즈미 왕자 ·································· 58, 60
히로카와노노오키미 ·································· 56, 58, 60

저자소개

  저자인 **박상현**(朴相鉉)은 일본 홋카이도(北海道)대학교에서 일본문화학
(문헌학 및 고전시가) 전공으로 문학박사 학위를 취득했고, 현재 경희사이버
대학교 국제지역학부 일본학과에 재직하고 있다. 『만엽집(万葉集)』을 중심으
로 한 동북아시아의 상대 문화를 연구하고 있다. 또한 최근에는 제2차 세계대
전을 전후로 하여 일본의 고전문예가 어떻게 연구되어 왔는가에 대한 고찰도
진행하고 있다. 그리고 문헌학을 토대로 한 번역비평도 하고 있다.
  주요 논문으로는 「천황에 충성을 다짐하는 병사(防人)의 노래─그 전통의
창출과 폐기, 그리고 재창출의 가능성」(『일본학보』제59집, 2004년 6월), 「공감적
관계의 표현원리」(『일어일문학연구』제58집, 2006년 8월), 「규슈 해안도서와 전쟁
문학」(『동아시아고대학』제15집, 2007년 6월) 등이 있다. 또한 저서로는 『키워드로
읽는 일본문화 2─스모부인과 벤토부인』(공저, 글로세움, 2003년 12월), 『만엽집
과 정치성』(제이앤씨, 2004년 9월), 『동양의 고전을 읽는다 3─문학 상』(공저,
휴머니스트, 2006년 7월)이 있다. 그리고 역서로는 『천년의 연가, 만엽집』(제이앤
씨, 2006년 3월)이 있다.

일본인의 사랑의 문화사 만엽집

초판인쇄 2008년 4월 16일
초판발행 2008년 4월 25일
저자 박상현
발행처 제이앤씨
주소 서울시 도봉구 창동 624-1 현대홈시티 102-1206
등록번호 제7-220호 TEL (02) 992-3253 FAX (02) 991-1285
E-mail jncbook@hanmail.net URL http://www.jncbook.co.kr

ISBN 978-89-5668-605-9 93830   정가 10,000원